U0091044

古典文學研究輯刊

十一編

曾永義 主編

第15冊

近代文學與學術史觀（下）

左鵬軍 著

國家圖書館出版品預行編目資料

近代文學與學術史觀（下）／左鵬軍 著 — 初版 — 新北市：
花木蘭文化出版社，2015〔民 104〕
目 2+156 面；19×26 公分
（古典文學研究輯刊 十一編；第 15 冊）
ISBN 978-986-404-121-3（精裝）
1. 中國文學史 2. 近代文學 3. 文學評論
820.8 103027548

古典文學研究輯刊
十一編 第十五冊 ISBN：978-986-404-121-3

近代文學與學術史觀（下）

作　　者 左鵬軍
主　　編 曾永義
總 編 輯 杜潔祥
副總編輯 楊嘉樂
編　　輯 許郁翎
出　　版 花木蘭文化出版社
社　　長 高小娟
聯絡地址 235 新北市中和區中安街七二號十三樓
電話：02-2923-1455／傳眞：02-2923-1452
網　　址 http://www.huamulan.tw 信箱 hml 810518@gmail.com
印　　刷 普羅文化出版廣告事業
初　　版 2015 年 3 月
定　　價 十一編 29 冊（精裝）台幣 52,000 元

近代文學與學術史觀（下）

左鵬軍　著

目 次

上 冊

中 冊

下　冊

下　輯

考證與商榷

新見近代文學家集外詩文考略

筆者於近期獲見近代文學家黃遵憲、梁啓超、鄭孝胥、丁日昌集外詩文若干，這些詩文不僅上述四人作品集中不收，而且年譜傳記、著述目錄等著作中也不載，亦未見其他研究者提及，當係近代文學史料的新發現。爲便於同道深入研究，現將這些材料公之於眾，並盡目下之所能，對有關情況略作考證說明。或有未當之處，高明教正是幸。

一、黃遵憲集外佚詩二首

前不久，香港鄧又同先生繼數次向廣州博物館捐贈文物之後，又一次將一批文物捐獻給廣州博物館。筆者前往參觀，有幸親見這批具有極高史料價值的文物，黃遵憲七律二首就在其中。現將這兩首詩抄錄如下（標點爲筆者所加，第二首第五、六、八句後括號內文字爲作者原註）。

樵丈尚書六十有一賦詩敬祝

入丁出丙壽星祥，四國傳誇天上張。
冠冕南州想風度，樞機北斗在文昌。
金城引馬迎朝爽，銀漢歸槎照夜光。
揮麈雄譚磨劍氣，獨因憂國鬢蒼蒼。

以詩壽樵丈尚書蒙賜詩和答依韻賦呈

往迹雲泥偶一論，喜公氣海得常溫。
北山王事賢勞甚，南斗京華物望尊。
橫榻冰廳爭問禮，（公不由進士而兼署禮部侍郎，實異數也）

嗚珂紫禁獨承恩。(吾粵先輩賜朝馬者無幾，即莊滋圃、駱文忠兩協揆亦未拜此賜)

玉缸酒暖朝回會，願聽春婆說夢痕。(賜詩有海國春婆之語)

鄧又同先生所獻此批文物皆是其祖父鄧華熙留下，且多與其祖父生平交往相關。鄧華熙（1826～1916），字小赤，又作筱赤，又字小石，室名納楹書屋。廣東順德人。咸豐元年辛亥（1851）舉人，歷任雲南按察使、湖北布政使、安徽巡撫、山西巡撫、貴州巡撫等。卒謚和簡。鄧華熙爲晚清重臣，與晚清名臣名士多有交往，張蔭桓、黃遵憲與之同爲廣東同鄉，彼此關係密切乃自然之事。因此這兩張詩箋之眞實性當可靠無疑。只是黃遵憲送張蔭桓的這兩幅詩箋如何到得鄧華熙手上等細節，已難以查考矣，不無遺憾。鄧又同爲這兩首詩所作說明文字曰：「愛國詩人黃公度詩稿墨寶世愚姪鄧又同拜題」。由此可見鄧家與黃家爲世交，關係非比尋常。

這兩首七律均以正楷書寫於刻印有雙龍圖和雙鈎「壽命昌永」四字之淺黃色紙箋上，兩張紙箋樣式完全相同，每張箋書詩一首，每首詩後各署「遵憲呈稿」四字，四字之下亦分別鈐有「黃公度」篆書陽文印章。從以上情況看，這兩首詩當係黃遵憲親筆無疑。而且，從所用紙箋、書法筆迹、所鈐印信等方面情形來看，將這兩首七律抄寫於這兩張紙箋之上當係同時所爲。

這兩首七律詩，黃遵憲自行編定之詩集《人境廬詩草》十一卷（清宣統三年日本初刊本，民國二十年上海商務印書館再版本）中未收，北京大學中文系近代詩研究小組所編《人境廬集外詩輯》（北京：中華書局，1960 年）亦不載，後人搜集整理的黃遵憲文抄、詩文集，如錢仲聯《人境廬詩草箋注》（上海：上海古籍出版社，1981 年）、鄭海麟、張偉強編校《黃遵憲文集》（京都：中文出版社，1991 年），均未收錄，亦未見有關黃遵憲研究的其他論著、論文等提及。可以斷定，這兩首詩，是新發現的黃遵憲集外佚詩。這兩首七律的發現，爲黃遵憲研究提供了一份有價值的新材料。而且，此前所見黃遵憲墨迹，多爲行草書，其端端正正的楷書作品相當少見，黃遵憲之印章尚屬首次見到，此二者亦爲這兩幀詩箋之值得珍視之處。

茲對這兩首詩的其他情況，再作考訂介紹如下：從標題、內容、作者自注等方面來判斷，這兩首七律確係呈送張蔭桓之作。張蔭桓（1837～1900），字樵野，廣東南海人，生於清道光十七年丁酉正月初四日，即公元 1837 年 2

月 8 日。從第一首詩的標題推斷，此篇賀壽之作作於張蔭桓六十一歲生辰之時，時間當爲光緒二十三年正月初四日，即公元 1897 年 2 月 5 日，或者此前之一二日。於張蔭桓六十一歲生辰，翁同龢在光緒二十三年正月初四日（1897 年 2 月 5 日）日記中記曰：「張樵野生日，往祝未入。送席一桌（四兩），酒一罎（二兩）。」〔註 1〕黃遵憲將第一首詩呈上張蔭桓不久，張蔭桓亦以詩作答，於是黃遵憲又作了第二首，再次呈上。此時黃遵憲五十歲，方受朝廷之命出使德國，而德方不願接受，正在京城等待朝命，不久即出都赴湖南就長寶鹽法道任矣。此時張蔭桓亦在京城，後不久即受命出使英、美、法、德、俄諸國。

黃遵憲與張蔭桓私交較厚，來往頗多。《人境廬詩草》及《人境廬集外詩輯》中，存有黃遵憲與張蔭桓唱和之作多篇。尤可注意者，在《人境廬詩草》卷六的《歲暮懷人詩》中，亦有一首懷念張蔭桓之作，詩云：「釋之廷尉由參乘，博望封侯自使槎。官職詩名看雙好，紛紛冠蓋遜清華」。黃遵憲一般稱張蔭桓爲「樵野丈」，在此次新發現的這兩首七律中，則稱之爲「樵丈」，愈見親切。

筆者嘗遍檢張蔭桓詩集：清光緒丁酉（光緒二十三年，1897）初冬京都刊本《鐵畫樓詩鈔》五卷，光緒二十八年（1902）觀復齋校刊本《鐵畫樓詩續鈔》二卷，希冀一覽張蔭桓六十一歲生日時酬答黃遵憲之詩，以便進一步查考有關情況，惜未獲見。由此可知，正如黃遵憲這兩首詩未編入《人境廬詩草》一樣，張蔭桓同時和答之作亦未收於其詩集之中。未知此詩尚存於世間否？雖則如此，檢閱張蔭桓詩集，也並非完全一無所獲。筆者見到《鐵畫樓詩鈔》卷二有《直東旱甚吾粵乃苦霪霖感事簡黃公度》一首，卷五有《次韻公度感懷》一首，由此可見張黃二人之詩歌交往。張蔭桓這兩首詩更堪與黃遵憲《人境廬集外詩輯》收錄之《張樵野廉訪以直北苦旱嶺南乃潦詩見示次韻和之》、《人境廬詩草》卷八《感懷呈樵野尚書丈即用話別圖靈字韻》諸詩對讀。比照之下，二人當時以詩唱酬之情景宛在目前。

此次新發現的這兩首黃遵憲集外佚詩，不僅爲黃遵憲研究提供了新資料，殊爲可貴，也爲考察黃遵憲與張蔭桓之關係、特別是二人晚年的交往，提供了新依據，極爲難得。

〔註 1〕陳義傑整理《翁同龢日記》，北京：中華書局 1998 年版，第 2972 頁。

二、梁啓超集外佚文一篇

高葆勳著《勳忍廬詩存》，中華民國二十一年五月（1932 年 5 月）由位於廣州廣大路的後覺學校出版發行，鉛印線裝一冊。此書版權頁方框內「版權所有　不許翻印」八字處，鈐有朱紅篆字陽文印章「勳忍廬」一枚，據此判斷，此書當係作者自印本。是書扉頁有易順鼎於「甲寅五月」（1914 年 6 月）所題「勳忍廬」三字。卷首依次有林紓、梁啓超、詹憲慈序文各一篇，之後是作者自序一篇。其中梁啓超所作序文尤其值得注意。查閱至目前爲止收錄梁啓超著作最爲齊全的《飲冰室合集》（林志鈞編，上海：中華書局，1936 年；北京：中華書局，1989 年影印），未見收錄此文。覆查檢丁文江、趙豐田編《梁啓超年譜長編》（上海：上海人民出版社，1983 年）、李國俊編《梁啓超著述繫年》（上海：復旦大學出版社，1986 年）、吳天任編著《民國梁任公先生啓超年譜》（臺北：臺灣商務印書館，1988 年），各書不僅均不載此文，且皆未提及梁啓超嘗撰此文之事。其中吳天任編著的《民國梁任公先生啓超年譜》最爲晚出，是目前所見篇幅最大、搜集資料最爲齊全的記載梁啓超生平行止、著述交遊的著作。

由以上情況可知，梁啓超爲高葆勳《勳忍廬詩存》所作序文向爲研究者所不知，是新發現的一篇梁啓超集外佚文。現將此文錄出，以公諸同好（標點爲筆者所加）。

梁任公序

古之詩，不出乎六義也。漢以來之樂府歌謠，唐以來之感遇遣興，猶有六義之遺風。後世詩集，強半爲文酒酬和、揄揚贈序之作，翻閱集中，一種世俗鄙俚之習，敷陳粉飾之詞，滿目煙蕪，眞義銷亡，至此已極。嗚呼！詩之不見重於世，匪一朝一夕之故，而積習有以誤之已。向者啓超由滬來京，得讀濟南高君勳忍廬詩一過，其間雖不乏紀遊紀事，而大段尚不出乎六義之外。文酒酬和、揄揚贈序諸什，反覺寥寥可數。若高君殆知詩之道者歟！古人之詩，往往有詩無題；今人之詩，往往有題無詩。青蓮之所以爲詩仙者，在能超然塵埃之表；浣花之所以爲詩聖者，在能蟬脫世垢之辭。希臘詩人尼采曰：「吾愛以血書者。」蓋足以見眞性情眞境界也。高君之詩，其性情境界見諸辭表，矯然有絕俗之志，近世詩集所僅見焉。

中華民國十年二月，新會梁啓超識於燕京。

由文中可知，梁啓超這篇序文 1921 年 2 月撰於北京。當時正是梁啓超遊歷歐洲歸國後一年多，居住於天津，經常往來於津、京之間，主要從事講學、著述活動，也還關心現實政治狀況並爲之盡力奔波。這是梁啓超從一個熱心宣傳政治改革、倡導啓蒙思想、主張愛國保種的政治活動家向一個潛心學術研究和著述、培養文史專門人才的學問家、教育家轉變的重要時期，這也是梁啓超一生中最重要、最深刻、最有文化史意味的一次生活道路、生存方式的轉折。這一變化不僅對梁啓超本人影響特別重大，對當時中國政治局勢、文化變遷也具有重要的影響。

梁啓超在序文中，對高葆勳之詩給予了高度評價，尤其是針對當時「詩之不見重於世」、「往往有題而無詩」的不良狀況，肯定了高葆勳詩作不同流俗的品格和特有的面貌。這些評論當係梁啓超閱讀勳忍廬詩的眞實感受，非一般客套敷衍之作可比。文中表現出來的詩歌理論觀念，可以與梁啓超的論詩之作如《飲冰室詩話》（1902～1907 年）、《中國韻文裏頭所表現的情感》、《情聖杜甫》、《美術與生活》、《屈原研究》（均 1922 年）等相參觀，有助於更全面、更完整地認識梁啓超的詩歌主張乃至他全部的文學理論思想。而「希臘詩人尼采」云云，顯係梁啓超一時筆誤，誤將德國人尼采當成了希臘人。

《勳忍廬詩存》的作者高葆勳，生卒年未詳，生平事迹亦知曉不多。筆者目前所知僅有如下情況：高葆勳，字鳴劍，山東濟南人，長於廣州。十六歲奉祖父之命應童子試，獲府學第一名。後赴北京應順天鄉試，並投考京師大學堂，師從桐城大儒吳汝綸受學，爲其晚年弟子。曾任粵城中學監督、善慶中學堂監督、高州中學堂監督等職。於光緒二十八年中秋（1902 年 9 月 16 日）赴日本，至横濱、東京、大阪等地，主要考察教育與政治狀況。1903 年 2 月 9 日（光緒二十九年正月十二日）吳汝綸在桐城家鄉辭世時，高葆勳正在東京，嘗作《哭桐城吳摯甫師汝綸東京》詩哀悼。高葆勳從不以詩人自命，服膺韓愈「餘事作詩人」之説，主要從事教育、政治等活動。除該詩集外，尙著有《治國芻言》等。

從《勳忍廬詩存》部分詩篇中，可推知作者出生的大致時間。《甲寅渡歲燕市旅館東林琴南紓索和》有句云：「九衢燈火消今夕，四十頭顱一問天。」甲寅爲 1914 年，此時高葆勳年齡在四十左右，詩中取其整數曰「四十」，依此推斷，當生於 1875 年前後。詩集中又有《哭王靜庵二首》，可知此詩係高葆勳得知王國維自沉北京頤和園昆明湖之後所作，時間必在 1927 年 6 月 2 日即王國維自盡之日以後。詩集中七律《五十初度和顧亭林》首聯云：「衰年冉冉事何成，蓬轉鷗盟了半生。」是爲作者五十歲知命之時的感慨。《勳忍廬詩存》中華民國二十一年五月（1932 年 5 月）在廣州刊行，據版權頁上所鈐朱色陽文篆字印章「勳忍廬」三字來判斷，此時作者當尚健在。如果生於 1875 年左右的推斷與實際情況相距不遠，那麼計算到詩集出版之時，高葆勳已年近花甲。由於資料缺乏，難以推知其卒年的準確時間，估計享年當在六十以上。

梁啓超於 1929 年 1 月 19 日在北京協和醫院病逝，年僅五十六歲。《勳忍廬詩存》1932 年 5 月在廣州出版時，距梁啓超爲之作序的時間早已十載有餘，梁啓超也已經故去三年多了。他不及看到高葆勳詩集的出版，也無法看到這篇刊於詩集卷首的序文了。這無論是對梁啓超來說還是對高葆勳來說，都是頗爲遺憾的。但是這篇長期以來未能引起學界注意的文章終於被發現並公諸於世，可以說是一件告慰梁、高二位古人的事情。假如有人準備編輯《梁啓超全集》的話，這篇新發現的梁氏集外文章自當輯入。

三、鄭孝胥集外佚詩一首

最近，於一偶然機會，見晚清民國重要政治人物、著名詩人鄭孝胥五律一首，現全文抄錄並略作說明如下。

詩書定何罪，舉世棄如遺。
勃窣存諸子，殷勤得所師。
雞鳴休失旦，豹隱自留皮。
汝倡予能和，長歌不厭悲。

奉贈　國學保存會諸君　戊申三月孝胥

（下鈐印二方：一爲陰文篆書「鄭氏孝胥」，一爲陽文篆書「蘇戡」）

此係鄭孝胥親筆所書詩幅，長約六十餘公分，寬約二十餘公分。1998 年 12 月 22 至 24 日，廣東炎黃文化研究會在順德召開「黃節先生學術研討會」，會議期間展出黃節遺物，中有廣東省立中山圖書館所藏《國粹學報彙編》，鄭孝胥此詩幅即附於其間，未有任何說明。從詩幅之折痕判斷，很可能是夾於《國粹學報》之中者。詩後所鈐印章非紅色，而爲黑白二色，筆者所見者或非原件，似爲影印件。此詩幅之來歷等情況，尚待進一步查考。

光緒三十一年（1905）初，黃節、鄧實、章炳麟、馬敘倫、劉師培、陳去病、諸宗元、黃賓虹、高吹萬、高旭、馬君武、蔡哲夫、胡樸安、姚光等一批著名人物，有感於國勢日蹙，群小當道，欲尋求拯救國家、振興民族之途徑，遂創立國學保存會於上海。《國粹學報》光緒三十一年正月二十日（1905年2月23日）創刊於上海，以「發明國學，保存國粹」爲宗旨，宣傳反清思想，闡發學術傳統，鄧實主編，章炳麟、劉師培、陳去病、黃節等都是主要撰稿者。由作者詩後所云「奉贈」可知，此詩是應國學保存會諸人之邀而作。「戊申」爲光緒三十四年，公元1908年。鄭孝胥在光緒三十四年三月初十日（1908年4月10日）日記之末，對此事有記載云：「夜，作《國學保存會》詩一首。」〔註2〕即當指上引之五律詩。時鄭孝胥在上海。另順帶說明，由這首五律可知，前引日記中之「《國學保存會》」五字加書名號欠妥，當去掉。因如爲此詩加標題，當爲《奉贈國學保存會諸君》。覆查刊行於民國二十六年（1937）以後之最完善的十三卷本《海藏樓詩》，不見此詩。由此可認定，此首五律爲鄭孝胥集外佚詩，是關於海藏樓詩的一個新發現。

此詩一則可見鄭孝胥對「國粹」之態度，二則可見鄭孝胥與國學保存會及《國粹學報》之關係，三則可見鄭孝胥當時文化心態的一個側面。因此，此詩不論是就近代文學史還是就近代文化史而言，均可謂頗有價值，足當重視。

四、丁日昌七律二十首

閱民國年間刊行之西泠印社吳氏聚珍版《碧聲吟館談麈》，偶然發現其中有丁日昌七律《潮州感事詩二十首》，爲丁氏詩集《百蘭山館古今體詩》所不收，喜出望外。

許善長（1823～1889以後），字季仁，一字元甫，號玉泉樵子，別署栩園、西湖長，館名碧聲吟館。浙江仁和人。乃晚清著名戲曲家、文學家，著有雜劇、傳奇、詩文多種，合刻爲《碧聲吟館叢書》。《碧聲吟館談麈》凡四卷，六十六則，爲許善長之筆記文學集。此書內容廣泛，舉凡文史、輿地、名物、名人佚事、醫術藥方無所不包。現將此書中所載丁日昌集外佚詩抄出如下（標點及各詩序號爲筆者所加，第二首末句括號內文字爲作者原注）。

潮州感事詩二十首

（一）

不信天心付劫灰，西風永夜角聲哀。

〔註2〕勞祖德整理《鄭孝胥日記》，北京：中華書局1993年版，第1137頁。

五千里外烽煙接，二百年餘殺運開。
滋蔓不圖成禍水，養癰平日讓通才。
如何文物聲名地，太息塗膏遍草萊。

（二）

曾聽元戎將略無，千杯壯志勵庸夫。
未能一戰師先老，絕少奇兵計已粗。
聚鐵可堪州鑄錯，唱籌今見米成珠。
三年轟破襄陽未，一炮功成萬骨枯。（向帥鑄六萬斤銅炮）

（三）

蔓延吳楚又青徐，總是西南漏網餘。
本仗虎頭能定遠，誰知螳臂竟當車。
連營處處嚴溝壘，募卒頻頻到里閭。
戰剿無能抄掠慣，濫將潮勇漫吹噓。

（四）

焚劫沿途簋笥充，歸來翻作應聲蟲。
盟雞甫歃萑苻血，唳鶴先驚草木風。
難解網開憑聚散，倘因人密藉疏通。
圖成鄭俠流亡苦，多少蒼生類轉蓬。

（五）

星散兵權志不牢，秦風誰肯篤同袍。
倚天處處誇長劍，縮地人人望大刀。
頗說將才多似鯽，翻教群盜起如毛。
牢騷我欲呼天問，闆闔蒼蒼爾許高。

（六）

妖氛飄瞥武寧空，臣職能完共效忠。
血灑郊原秋草碧，魂歸兜率陣雲紅。
當關守禦兵無志，與士存亡鬼亦雄。
辛苦城東方義士，破家收復也無功。

（七）

海濱鄒魯也干戈，遍地豺狼奈若何。

將帥立功今日少，秀才作賊古來多。
漫傳白起曾降趙，難信黃巢竟渡河。
十萬橫磨誰請得，有人洗耳聽鐃歌。

（八）

雄關屹屹駐旌旄，未見烽煙便遁逃。
宵濟有聲舟掬指，珠求無厭帥吹毛。
呼庚漫咎軍儲竭，棄甲頻聞將略高。
七十里程三日進，笑君此腹負羊羔。

（九）

進等求魚退守株，議征議撫總躊躇。
民欺官懦多中立，賊恐糧豐阻轉輸。
有令開倉仍米貴，無方剿寇仗天誅。
背城借一尋常事，早晚軍門看獻俘。

（十）

不事芸窗不力田，鬥爭都覺性情偏。
誦詩口上難三百，募勇江東易八千。
偶執干戈聊掩耳，無多金穴漫垂涎。
紛紛義舉誰其義，誰續遺經瘠士篇。

（十一）

爲盜爲兵若轉圜，但逢利藪便開顏。
飛符只覺軍如戲，失律安知令似山。
海鶴不來春黯淡，鱷魚雖去俗冥頑。
蠻方積習由來久，誰挽頹風到闤闠。

（十二）

春盡興師秋又涼，飛蒭難達陣雲忙。
援兵未見傳三豕，逆焰猶聞逼五羊。
不信天將拋海嶠，更何人可掃欃槍。
聖明應爲瘡痍痛，矯矯貔貅出建章。

（十三）

勳業文章事本殊，籌邊難覓鬪兵符。

未經談虎容先變，直到亡羊注已孤。
諸葛世原稱盡瘁，呂端人尚説糊塗。
瀛洲形勝關閩粵，奏凱何時答廟謨。

（十四）

雌黃眾口易波瀾，旁午軍書力既殫。
杯底有蛇饒舌苦，河東無粟盡心難。
天人盡許通三策，經濟猶須用五官。
橫目幸留冬愛在，寬和究竟勝貪殘。

（十五）

驚傳風鶴信頻頻，奮勇居然類偉人。
失險竟難防子午，出師何必守庚申。
似聞定遠生還易，敢信哥舒死敵眞。
惆悵塡橋少烏鵲，靈旗黯淡楚江濱。

（十六）

烽燧看看遍嶺東，是何時候不和衷。
狐疑漫喜歸秦壁，鼠首眞驚失楚弓。
已見鬩牆分洛蜀，何堪築室付癡聾。
諸公須爲生靈計，莫但衝冠氣吐虹。

（十七）

捐輸借貸例陳陳，供給軍儲閲夏春。
忽欲然眉家索餉，飛而食肉古何人。
辛勤曾否涓埃答，子姓今看破碎頻。
縱是艱難須盡力，閭閻指日沐絲綸。

（十八）

月暈重圍野哭哀，半年未見省兵來。
官原惡殺留生路，賊本無能煽死灰。
何日膚功消劫運，幾番血戰仗邊才。
十年養望非容易，畢竟安危借寇萊。

（十九）

揭普潮潡警報頻，豐城又見楚氛新。

空拳退賊眞良吏，枵腹從軍果義民。
破斧是誰能逢樹，運斤端合借勞薪。
鞠藭呼罷親桴鼓，難怪人歌有腳春。

（二十）

氛祲冥冥戰壘稠，幾看帷幄運良籌。
熱腸我縱工秦哭，冷眼人誰作杞憂。
八口妻孥愁滯迹，一年戎馬又殘秋。
從來不剿何能撫，辜負長沙涕泣流。

以上所錄七律二十首見許善長《碧聲吟館談麈》卷一，前有作者說明文字曰：「丁雨生中丞日昌，廣東豐順人，弱不勝衣，力學，工吟詠，以廩貢就訓導，時與子雙家叔延玨共在潮州危城中，守禦幾一載，枕戈籌策，眞患難交也，以是頗相得。論功銓江西萬安令，薦陞是職。」〔註3〕從此段文字提供的情況來看，許善長叔父許延玨與丁日昌有著相當密切的關係，這一組詩作的眞實性亦當可靠無疑。在抄錄了這二十首詩之後，許善長又評論說：「憤懣之氣，溢於言表，詩筆亦恣橫異常。」〔註4〕

上述七律二十首，丁日昌詩集《百蘭山館古今體詩》中未收，亦未見其他有關著作提及，當係新發現的丁日昌集外佚詩。僅此一處就新見丁日昌集外佚詩達二十首之多，不能不說是一件令人十分高興的事情，也可見許善長不僅是一位傑出的戲曲家、文學家，還是一位非常注意保存文史資料的有心人，他對保存丁日昌這些詩歌作出的貢獻，也是令後人難忘的。

關於許善長叔父許延玨生平行止等情況，目前筆者知之不多。現僅就所瞭解作一介紹。

許延玨，字子雙。浙江仁和人。廩生。咸豐三年（1853）任廣東惠來縣知縣，咸豐五年（1855）再次擔任是職（據《潮州志・職官志》，饒宗頤總纂，潮州修志館發行，1949年鉛印本）。

丁日昌（1823～1882），字禹生，又作雨生。廣東豐順湯坑人。貢生出身，歷任瓊州府學訓導、江西萬安知縣、蘇松太道、江南洋務局總辦、兩淮鹽運使、江蘇布政使、江蘇巡撫、福建巡撫等，獲賞總督銜。爲晚清重臣，尤其

〔註3〕許善長《碧聲吟館談麈》卷一，西泠印社吳氏聚珍版，民國年間刊，第16頁。
〔註4〕許善長：《碧聲吟館談麈》卷一，西泠印社吳氏聚珍版，民國年間刊，第19頁。

是洋務自強運動的主要推動者之一。

從丁日昌生平經歷與詩歌內容等方面考察，這二十首七律詩的寫作時間大致可以確定。咸豐四年農曆四月（1854 年 5 月），海陽縣三合會吳忠恕起事，農曆七月，吳忠恕等圍攻潮州府城。丁日昌以邑紳身份組織鄉團，率領豐順縣湯坑精悍鄉勇三百人援救，駐紮於橋東寧波寺和韓山書院，把守東路。農曆九月十八日（公曆 11 月 8 日）黎明，丁日昌率領鄉勇從筆架山渡淩角池，擊潰吳忠恕駐東津一部，生擒百餘人（據饒宗頤總纂，潮州修志館發行，1949 年鉛印本《潮州志》和民國三十二年鉛印本《中華民國新修豐順縣志》）。此一戰，解除了府城東路之困，對平定此次三合會之亂，取得整個戰事的勝利起了相當大的作用。丁日昌亦以此次軍功，被任命爲瓊州府學訓導。

此次發現的這二十首七律詩，當作於咸豐四年甲寅（1854）秋冬之際，詩歌內容亦是反映此次潮州保衛戰的種種情景以及作者在戰爭中的複雜感受，此時丁日昌三十二歲。這些作品，無論是就研究丁日昌生平思想來說，還是就研究丁日昌詩歌成就尤其是他早年詩歌創作來說，都是十分珍貴的資料。

闡釋的偏差及其思考
——《戒浮文巧言諭》的評價問題

二十世紀五十年代以來的中國近代文學研究，經過了席卷整個中國大陸學術界乃至每個角落的風風雨雨。儘管它步履蹣跚，跌跌撞撞，但還是在默默地向前行進著。這個領域至今仍是中國文學研究中最為薄弱的環節，有著大片未開墾的處女地。即使是那些已經有人涉獵的領地，也存在著許許多多的盲點，諸多的分歧。在當下的學術氛圍之下，仍有反思的必要。因為不知道過去，就不會更好地認知未來。茲擬就關於《戒浮文巧言諭》的評價問題，反思已經走過的路程，著重指出其中的偏頗，提出一己的管見，並試圖探討造成這種失誤的原因。

一、問題的提出

太平天國辛酉十一年（清咸豐十一年，1861）洪仁玕、李春發和蒙時雍聯名發佈的《戒浮文巧言諭》〔註1〕，被寫入中華人民共和國成立後出版的多種中國文學史、中國文學批評史和有關工具書。關於這篇文告的評價問題，似乎尚未引起什麼紛爭，但對它的不同認識卻是明顯地存在並默默地發展著。

從筆者翻閱的有關評論來看，可以將在這一問題上的分歧概括為如下兩種意見：一是認為這是一篇文學理論著作，為簡便起見，筆者姑稱之為「文學說」；一是認為這是一篇文章學著作，為稱謂方便，筆者且稱之為「文章說」。二者之中，前者的聲勢和影響是如此的強大，明顯地成為關於這篇文告評價

〔註1〕按：此文告原無標題，此名係羅爾綱所加，後遂被普遍接受並使用。

的主導性意見。總括一下持「文學說」的論著，可以看到如下的評論方式和結論：

> 在內容方面，它提出了「文以紀實」的現實主義寫作原則；在形式方面，提倡通俗明曉的語言文字；它是中國農民階級所提出的第一篇完整的文論，直接反映了廣大群眾的要求；是對當時統治清代文壇的桐城派和一切封建文學的有力衝擊，動搖了幾千年來封建文學的基礎；對以後的資產階級文學運動有很大影響；是對近代文學發展的一大促進，爲中國近代文學指出了新方向。〔註2〕

從學術反思與評價的角度來看，除當注意上述著作採取的評價標準、提出的主要觀點之外，還必須注意這些評價產生的學術背景甚至政治文化背景以及這些著作的出版時間。知人論世的原則在學術史評價與反思中也是應當堅持的一種態度。

相對於「文學說」的聲勢浩大來說，「文章說」則顯得有些勢單力孤、寡不敵眾了。此說可以《中國古代文學理論辭典》爲代表，該書「戒浮文巧言諭」條有云：

> 這篇文告主要是對太平天國各級政權的「奏章文諭」、「文移書啓」一類的應用公文說的，要求進行文體改革。在內容方面，提倡「文以紀實」，「言貴從心」，「實敍其事」。所敍事情的時間、地點、經過，都要「語語確實」，達到「合天情」，「符眞道」的政治要求，爲宣傳貫徹太平天國的政治服務。反對那些空話連篇的「浮文巧言」，即洪仁玕在同年寫的《軍次實錄》中所要求的那樣：「語皆確實，義皆切實，理皆眞實」，強調公文內容的眞實性。在形式方面，提倡「樸實明曉」、「使人一目了然」的語體文，反對那種嬌豔虛浮、阿諛奉陳（引者按：「陳」係「承」之誤）的文風，禁止使用「龍德龍顏」、「鶴算龜年」等陳詞濫調，並排斥「古典之言」。主張用淺近、

〔註 2〕 參見陳則光著《中國近代文學史》上冊，廣州：中山大學出版社 1987 年版；郭紹虞主編《中國歷代文論選》第四冊，上海：上海古籍出版社 1980 年版；羅爾綱《〈太平天國詩文選〉序》，北京：中華書局 1960 年版；王運熙、顧易生主編《中國文學批評史》下冊，上海：上海古籍出版社 1985 年版；葉易著《中國近代文藝思想論稿》，上海：復旦大學出版社 1985 年版；葉易《中國近代文藝思潮史》，北京：高等教育出版社 1990 年版。筆者此處集中概括了上述各家的主要觀點，並非說各家的觀點完全一致。欲悉詳情，可參考上述各書。

質樸，通俗易懂的語言來表達內容。

文告中提出的這些意見和措施是積極的，符合太平天國農民革命的要求，反映了他們掌握政權後，想要逐步佔領文化領域的願望。這對當時直接影響應用公文文體的桐城派古文和八股文是一次大的衝擊，對改革當時的文風和後來資產階級改良派所倡導的「文界革命」都是有影響的。〔註3〕

可見，「文學說」和「文章說」的存在是客觀的事實，二者之間的分歧也顯而易見。視之爲文學理論批評著作和視之爲文章學著作之間的區別絕非無關大局，二者之間的不同也不能說是微不足道，我們指出二者的存在和彼此之間的分歧似乎也不能算作虛張聲勢了。同時，從上文中也可以看到兩種說法的共同點，即都認爲《戒浮文巧言諭》在當時和以後都發生了重要的影響，對桐城派古文和一切封建文學是一次有力的衝擊，對以後的資產階級文學改良運動有著明顯的影響。存在著重大分歧的「文學說」和「文章說」，在這一點上卻不謀而合了。這一點恰恰關涉到這篇文告在中國近代文學史和中國近代文學批評史上的地位問題，也恰恰是關於這篇文告之評價的根本性問題。

二、討論與評價

筆者之所以不厭其詳地引錄《中國古代文學理論辭典》「戒浮文巧言諭」條的釋文，是因爲認爲它的闡釋較之「文學說」的評價具有更多的合理性和可信性。

只要不帶任何先驗的成見，不帶任何預定的框框，不作任何牽強附會地研讀《戒浮文巧言諭》，就可以認識到這是一篇強調文章的內容和形式都必須符合太平天國的政治實用目的的文告，而不會得出這是一篇文學理論批評著作的結論。「文以紀實」、「奏章文論」等文告中共出現七次的「文」字，或指文章、公文，或指文人、文才，而無一可解作文學。「文以紀實」、「實敘其事」之「實」，亦指眞實、如實而言，只是強調公文的實用性、眞實性，與文學上的現實主義創作方法風馬牛不相及。通篇文告談的是「本章稟奏，以及文移書啓」等應用文體的內容與形式上的文風要求，而從未言及文學作品的內容和形式。這一點不需再作過多的論述，只要認眞地客觀地多讀幾遍原文便可

〔註3〕趙則誠、張連弟、畢萬忱主編《中國古代文學理論辭典》，長春：吉林文史出版社1985年版，第292頁。

一清二楚。因此，認爲這是一篇文學理論批評著作，提出了現實主義的寫作原則，要求文學內容與形式的革新等一系列結論都是無法站得住腳的。因此，可以說「文學說」實際上成了無源之水，無本之木，是對這篇並不難懂的普通文告的錯誤理解和過度闡釋。

認爲「文章說」有較大的合理性，並不是完全同意了《中國古代文學理論辭典》中「戒浮文巧言諭」條目的詮釋。就「文章說」與「文學說」的分歧而言，筆者基本上同意「文章說」的觀點，而對二者的共同之處，筆者則一併反對。

關於這篇文告在當時的影響，無論是「文學說」還是「文章說」的評論，都是不切實際的。眾所周知，桐城派是清代最大的一個文學流派，其影響之深遠，波及之廣泛，是中國文學史上少見的現象。對這一文學流派的評價，非此處所能多涉及，但必須指出的是，它並非像有的論著說的那樣一無是處。桐城派前後延續了二百多年時間，儘管其前期與後期發生了很大的變化。它的巨大影響力已足以證明其存在的合理性。此外，還有所謂的「封建文學」（這個名稱本身就是不科學的，大概是指那些消極傾向比較明顯的流派和作家吧，這裡暫不多談），它們也自有價值，否則歷史上就不會有其位置。這既是一種偶然同時也是一種必然。可以說，桐城派在清代文壇上的影響是其他任何流派都無法企及的。它與其他流派之間雖互有紛爭，互有攻詰，但從總體上來說，它們一同構成了一種強大的力量，成爲傳統文學思想的繼承者。它們的根基性地位和廣泛影響是不易動搖的。

爲了有助於認識《戒浮文巧言諭》眞實的影響，可以再簡單回顧一下太平天國的若干情形。咸豐元年（1851）金田起義後，太平軍北上，勢如破竹。咸豐三年（1853）直取江蘇大部，並定都天京。緊接著就是北伐和西征，再就是內部的矛盾和天京城的保衛戰。隨後則發生了太平軍與湘軍等國家軍事力量的多次拉鋸戰，經歷了此消彼長、或盛或衰的過程，總體趨勢當然是以曾國藩爲代表的政府力量的迅速壯大並漸顯優勢和以洪秀全爲首領的起義造反者的逐漸衰弱直至無力迴天。到同治三年（1864），這個宛如曇花一現的短命的農民政權就由於內部的相互猜忌和自相殘殺，由於清政府與西方列強的聯合絞殺而土崩瓦解，徹底滅亡了。

從金田起兵到天京陷落，其間十四年，太平天國存在期間的絕大部分時間裏，都是處於戰火紛飛、風雨飄搖之中，戰爭是他們的首要任務，他們把一切都捆在了隆隆的戰車上。太平天國沒有發佈過系統的文學理論和文章學理論，雖然除了這篇文告之外，洪仁玕在《軍次實錄》中還有部分論述，洪秀全等也有類似的言論。太平天國在文學創作上也沒有取得什麼具有較高文學價值或可以稱道的成就。如果除去他們文學創作內容的政治傾向性，就太平天國的文學成就而言，其絕大多數作品，包括洪秀全本人的作品，並不比張打油的詩高明多少。這種情況，當太平天國開國之際，在那樣腥風血雨的局勢下，是正常的現象，可以理解，這大概也是必然的。大凡戰亂中產生的文學（如果那還可以稱之爲文學的話）都是如此。如果這時候他們還能夠滿懷閒情逸致、興趣盎然地在那裡大談文學創作和文學理論，大肆吟風弄月，歌舞昇平，反倒是不可思議的事情，反倒成了歷史的滑稽戲。

太平天國失敗之後，清王朝雖然已經江河日下、日暮途窮，但這座搖搖欲墜的大廈仍然勉強支撐著。滿清政府當然不能讓太平天國的政治文化主張謬種流傳。因此，即使是在太平天國的鼎盛時期，《戒浮文巧言諭》以及太平天國的一切文化主張，也只是限於在他們的勢力範圍之內發生有限的影響，而並不能越雷池一步。即使是在太平天國的統治區內，在那些文化層次低得非常可憐的民眾當中，其影響事實上究竟能有多大，也是不宜過高、過於樂觀地估計的。那時的文士儒生，幾乎全是傳統教育模式和文化觀念造就的，儘管太平天國對他們採取安撫的政策，他們也不會對此喜聞樂見，亦步亦趨。而那些目不識丁的農民及婦孺們，則完全不可能對《戒浮文巧言諭》之類的東西有什麼深刻的理解。從文化接受與理解的角度說，這些文告與他們了無干係。認識到這樣的歷史背景和文化條件，就可以認識到後來的一些著作大講《戒浮文巧言諭》如何打擊了桐城派古文等等一切「封建文學」，如何改變了當時的文風，發生了重大的影響，甚至動搖了幾千年來封建文學的基礎，顯然都是不切實際的主觀臆想，毫無可信性與學術性可言。

另一方面，傳統文學在這一時期仍然穩居根本性的地位，仍然擁有雄厚的勢力並發生著廣泛的影響。由於曾國藩等的積極倡導和努力實踐，桐城派古文仍然出現了「中興」的局面，宋詩派、同光體、漢魏六朝詩派等依然活躍於文壇，絕非一篇簡短的《戒浮文巧言諭》所能摧毀得了的。「封建文學」與傳統史學、哲學等構成了一個強大的超穩定系統，以至於五四運動時期聲勢浩大的思想啓蒙運動，都沒能夠徹底完成反封建的任務，留給了今天的人們去繼續完成，繼續做出艱苦的努力。既如此，怎麼能想像並相信這篇文告

「動搖了幾千年來封建文學的基礎」呢？

從《戒浮文巧言諭》發佈者的主觀願望來看，他們當然希望所有的人都「切不可仍蹈積習」，希望這篇文告的影響和勢力越大就越好，希望他們的子民和追隨者多多益善，以鞏固從未穩定過的太平天國政權。但是，進行文學史、文學批評史研究時，描述歷史的主要根據當然不是作者、批評者的主觀願望。因此，這篇文告乃至太平天國的所有文化主張，都不可能對封建社會的文學和文化造成什麼重大的衝擊，對桐城派、宋詩派和其他傳統詩文流派也不可能構成什麼重大的威脅。在中國近代文學史和批評史上，《戒浮文巧言諭》之類的文告只能是流星一閃，然後就永遠消逝在歷史的長夜之中了。

關於《戒浮文巧言諭》與其後的資產階級文學改良運動的關係問題，論者只講它促進了資產階級的文學改良運動，在中國近代文學批評史上佔有重要的地位，爲中國近代文學指出了新的發展方向，等等。諸如此類的認識也是誇大其辭，毫無根據。

可以簡單看一下近代資產階級文學改良運動的基本情況。近代資產階級改良派的政治活動有一個醞釀發展的過程，至光緒二十四年戊戌（1898）達到了高潮，同時也就迅速走向了衰落。文學改良運動也是作爲政治改良運動的一個組成部分，作爲政治改良的一種工具而出現的。所以，文學改良運動與政治改良運動有著密不可分的聯繫，改良派的文學觀與他們的政治觀也無法截然分開。在資產階級文學改良運動中，以梁啓超、康有爲、譚嗣同、蔣智由、裘廷梁、黃遵憲、夏曾佑、嚴復等爲代表的大批改革之士共同匯合成一股潮流，在詩界、文界和小說界，文學改良運動都出現了興旺的局面，與政治改良運動相呼應。在提高文學的地位方面，在強調文學與政治的關係方面，在注重文學作爲政治改革的宣傳鼓動工具方面，在文學的大眾化與通俗化方面等，文學改良運動都取得了可觀的成績。一時之間，「新派詩」、「新文體」和「新小說」紛紛出現。但必須指出，這一運動由於帶有過於濃重的政治運動色彩，有時由於爲了矯枉而有意過其正，不免出現了明顯的理論偏頗。總的說來，資產階級文學改良運動在中國近代文學史、文學批評史上發生了重大影響，引人注目。

儘管如此，這次文學改良運動畢竟是資產階級發動和領導的，它的倡導者和主要參與者們畢竟是帶著強烈的封建色彩的資產階級政治家和文學家。他們帶著極強的實用功利目的去倡導文學革新，實際上是強調文學爲我所用。他們沒有辦法超越自己的階級局限和時代範圍，後人也不應作如是的苛求。而且，當資產階級文學改良運動的蓬勃興起和蔚爲大觀的時候，時間已經過去了三四十年，太平天國的硝煙早已散盡，這一事件也已煙消雲散。這時中國的統治者仍然是外國帝國主義操縱之下的滿清政府，而不是信奉天父天兄的太平天國首領。那篇當時有可能四處發佈、到處張貼過的《戒浮文巧言諭》，早已隨著太平天國的徹底失敗而沉入歷史的深潭，人們特別是從事文學理論倡導和文學創作實踐的資產階級文學家們，再也不會記起這篇在當時也未必眞正被人們普遍重視的普通文告，不論在意識層次上還是在潛意識層次上均是如此。

因此，無論從思維邏輯的角度來看，還是從歷史事實的角度來看，太平天國的這些文化主張、政策、文告等都絕無可能成爲資產階級政治家、文學家們的心理積澱物。況且，僅從表層來看，近代資產階級文學改良運動的倡導者和實踐家們不可能順利認同並欣然接受太平天國的思想影響，他們甚至對這篇文告及諸如此類的文字抱有一種本能的鄙夷和敵視。退一步說，即使他們能夠邁出實際上無法邁出的這一步，心甘情願地向太平天國的這些文告學習，願意接受其影響，這些東西也的確沒有什麼更多的値得學習之處，更不具備影響資產階級文學改良運動的大力神功。實際上，資產階級文學革新運動的倡導者、組織者們把學習效法的目光投向了東方的日本和西方的列強，而從來沒有把注意力集中於太平天國的殘骸之上。

總之，當時既不具備太平天國的文化主張影響資產階級文學改良運動的可能性和必然性，也沒有任何材料可以證明這種影響已經發生的事實。那麼，論者斷言《戒浮文巧言諭》對後來的資產階級文學改良運動發生了影響並有明顯促進的根據是什麼呢？認爲《戒浮文巧言諭》是對中國近代文學發展史的一大促進，爲中國近代文學的發展指出了新的方向，等等，就更加讓人感到不著邊際甚至不知所云了。

可以這樣說：無論是「文學說」還是「文章說」，對這篇《戒浮文巧言諭》的闡釋和評價都失之偏頗。如果說《中國古代文學理論辭典》的解說尙有相當大的部分是比較客觀的，尙可接受的話，那麼，「文學說」論者的理解和評價則存在著更大的謬誤和附會之處。給古人穿上了摩登的時裝，看上去的確令人耳目一新，使人心生戚戚，但那是今人自己的創作，再不是歷史原貌本身。「文學說」的評論，更多地讓古人適應今人，而不是讓自己以求眞求實的態度去考察和認識研究對象。他們的主觀色彩過於濃重，將研究對象任意驅使，以至於使其喪失了應有的獨立地位。筆者這樣說，並無深責持此論者之意。實際上，這種情況的出現，有著相當複雜的政治文化原因，主要乃是時代氛圍對學術的干預和影響使之然，雖然研究者對這種情況的出現也難辭其咎。

筆者以爲，《戒浮文巧言論》不是一篇文學理論批評著作，至於由此而生發出來的一切讚揚之詞，就更是不切實際的了。《戒浮文巧言論》至多只能算是一篇提出了一點文章（主要是應用性公文）內容和形式要求的文告而已。在中國近代文學史和批評史上，它不應該也不可能佔有什麼重要的地位，對後來資產階級的文學改良運動也沒有形成任何影響，更不必談有什麼積極的影響了。它只是一篇反映了太平天國領導者極其一般的文化水平、代表了他們文化主張和文化觀念的普通文告。隨著太平天國的失敗，它只能消逝在歷史的長河中。把這篇文告寫入中國近代文學史和批評史並大加讚揚的做法，沒有任何學術根據，也沒有什麼學術價值，因此這樣的做法是不妥當的。

三、反思與認識

到這裡，筆者與「文學說」、「文章說」的不同觀點已經大致清楚了。但是還想追問一下：爲什麼對這樣一個並不複雜也並不深奧的問題，會有如此深刻的分歧呢？如果說上文的討論是在較小的範圍內進行的話，那麼，對造成這種不該發生的分歧的原因的探討，就必須在較大的範圍中討論，因之也就有可能具有較爲廣泛的意義。也正因爲如此，這是不容易談得充分深入的問題，筆者只能不避掛一漏萬和空疏不學之譏，談談對這一問題的思考。

如果我們回眸二十世紀五十年代以來中國近代文學研究和整個中國文學研究留下的足迹，就會發現，它與同一時期中國大陸走過的政治文化道路尤其是學術道路多有重合之處，有著明顯的共同的命運，相同的趨向。反右傾，大躍進，浮誇風，文化大革命，乃至全部的左傾錯誤，都給我們的學術研究事業造成了無法逃脫的災難，近代文學研究當然不能幸免。在這樣的政治路線、社會思潮和學術氛圍之下，出現這種不正常的狀況，就並非偶然，更不是莫名其妙和不可思議的了。對《戒浮文巧言論》不切實際的評價，與整個中國近代文學乃至所有學術領域以階級鬥爭爲綱、無視文學研究及其他研究的特殊規律的偏頗大有關係。太平天國係農民起義，而農民又經常被認爲屬於被壓迫、被剝削的階級，與後來發展壯大起來的無產階級是同道。於是，這篇文告當然最有可能是屬於紅色的，當然在被肯定之列。

有人也許會產生這樣的疑問：大部分持「文學說」的論著均出版於文化大革命之後，有的出版於二十世紀八十年代中期，其中的偏頗也是左傾錯誤的影響下造成的嗎？回答是肯定的。中華人民共和國成立後的三十幾年中，有二十多年的時間是在左傾錯誤思想指導下，這種情況影響了幾代人的思想意識，甚至在相當一部分人當中造成了某種思維定勢，形成了某種心理積澱。左傾錯誤在政治路線上統治的結束至這些著作的出版雖已有十多年，但是整個社會思潮、人們文化心理結構的徹底改變談何容易？它們經常是漸變的，往往需要一個相當長的歷史過程，需要優良的客觀條件和自由的學術氛圍，需要主觀的艱苦努力與自我反省，需要經歷一個自我蛻變的苦難歷程。這些深層的思想和學術任務直至今日尚遠未完成。太平天國把他們的一切都捆在了戰車上，這是必須的，必然的；但是我們的文學研究者們把文學研究也綁到了政治鬥爭的戰車上，則不能不說是令人遺憾、令人痛心的了。

說到這裏，似乎不能不提到儒家「詩教」、「文以載道」觀念在一些研究者心靈中的投影。這裡無意討論中國傳統文化儒、釋、道的內部構成情形，也無意分析儒家「詩教」、「載道」觀在中國幾千年來的沿革變遷；只是想說：「興觀群怨」、「文以載道」的文學觀念深深地影響和制約著歷代人文學者。把文學依附於政治身上，把它當作一種政治宣傳的工具，已經司空見慣、代不乏人。幾千年來的中國文學，不管載的是什麼內容的「道」，總之要有「道」可「載」，似乎只有這樣才是文學的不二法門、人間正道。偶而艱難地脫離了這種正統的觀念和傳統的習慣，不久又名正言順地得到復歸。我們無法否認，由封建社會經半封建半殖民地社會而來的社會主義社會的文學史家們，深深地受著「載道」傳統的影響。這種傳統通過遺傳、教育等各種方式逐漸積澱，形成了許多文學史家、評論家的一種前結構、前理解，從而影響制約著決定著他們的文學觀念、評論角度、學術觀點和理論體系。這種情況之下的關於《戒浮文巧言諭》的評價，就倒向了實用理性，倒向了文學理論批評的爲現實鬥爭服務。再加上不習慣於深邃的理性思考，往往一窩風、一刀切，人云亦云，主體意識淡薄等弱點，偏頗就這樣一直延續了下來。

這裡還有一個歷史學與文學的關係問題。歷史學在我國的悠久歷史是人所共知的，文學史與文學批評史的研究也走過了漫長的歷程。但是，歷史學與文學之間是否一定同步對應的問題，到目前爲止似乎尚未徹底解決。在談到文學史分期的時候，不還是有人主張應向歷史學的分期看齊嗎？在評價杜甫的價値的時候，不還是有人只盯在其「詩史」的意義上嗎？在某些歷史性的文學作品如《三國演義》的評價中，把文學與歷史攪在一起統而言之者不仍然大有人在嗎？這一系列的問題同樣表現在《戒浮文巧言諭》和太平天國的評價上。太平天國起義在中國近代史上佔有非常重要的地位，嘗被定性爲「中國近代全國規模的農民革命戰爭」，並評價說：「這次革命發展到十八個省份，堅持鬥爭十四年之久，動搖了清朝的反動統治，沉重打擊了外國侵略者，表現了中國人民不甘屈服於帝國主義及其走狗的頑強的反抗精神。」〔註 4〕這樣一次影響了中國歷史進程的重大鬥爭，在有些人看來，似乎同樣應該在中國近代文學史與文學批評史上佔有重要的位置，是應該在文學史和批評史上大書特書的事情，以求得文學史、批評史與歷史的某種對應。於是，對太平天國領導者們的水平極其一般、甚至相當低下的詩文寫作，對這篇文告等就被大加褒揚起來。其實，這樣做既不是對歷史學的恭敬虔誠，也不是對文學的應有重視。在這裡，文學史和文學批評史應有的獨立品格喪失殆盡了，它們成了歷史學的附屬物。

事實上，歷史學的評價不能代替文學史的評價，歷史與文學史未必總是同步對應，雖然它們之間有著某些聯繫。李煜在政治史上是一個庸才，在文學史上卻是一個天才。岳飛是一個傑出的將領，但並不是一個偉大的文學家，儘管據說是他所作的那首《滿江紅》廣爲流傳。李自成、張獻忠領導的農民起義推翻了明朝的統治，必須在歷史上大書一筆，但卻不值得去搜尋他們的文學作品而寫入中國文學史並大加褒揚。王國維的《紅樓夢評論》、《宋元戲曲史》和《人間詞話》等是中國近代文學批評史上的傑作，但他卻不能在中國近代政治史上擁有特別重要的地位，因爲那條伴隨他終生的辮子把他拖向了政治的邊緣。

〔註 4〕見《辭海》（1979 年版）「太平天國農民革命」條，上海：上海辭書出版社 1979 年版，第 642 頁。按：二十年後出版的《辭海》（1999 版）此條目名稱已改爲「太平天國運動」，並將其定性爲「中國近代全國規模的農民起義」，總體評價文字亦改爲：「這次運動發展到十八個省，堅持鬥爭十四年，嚴重地動搖了清朝統治，打擊了外國侵略者，對中國近代歷史產生了深遠影響。」見《辭海》（1999 年版），上海：上海辭書出版社 2000 年版，第 780 頁。此種改變，頗可參詳。

同樣，假如給太平天國在中國近代文學史和文學批評史上硬找位置，不惜丟掉文學研究的獨立品格，不惜丟失文學研究的特定觀照角度和批評標準，這絕不是高明的辦法，更不是學術的態度。這並非一概否認文學史與歷史有時可能發生的同步對應現象。但就太平天國起義和這篇《戒浮文巧言諭》而言，這種牽強附會的對應同步的認識是不能令人信服的〔註5〕。

〔註5〕關於太平天國文學思想的評價，可參考黃霖先生《太平天國的文化政策及洪仁玕的文學思想》，《復旦學報（社會科學版）》1989年，第5期，49～55頁；又所著《近代文學批評史》第四章《太平天國的文化政策及洪仁玕》，上海：上海古籍出版社1993年版，第342～356頁。

對《晚清小說質言》的質言
——與劉路商榷

筆者在讀畢劉路的《晚清小說質言》〔註1〕一文之後，頗有些不同意見，覺得其討論問題的角度方法存在明顯缺陷，進行的評價和提出的觀點也難以服人，並涉及近代小說研究的思想方法和評價標準問題，現予提出與劉路先生商討並就教於方家。首先需要說明，筆者與劉路先生的討論，主要不是在晚清小說特別是譴責小說的具體評價問題上，因爲學界對此已經進行了不少討論並有了相當可取的結論〔註2〕；而是在於評論作家作品及相關創作現象的視角、方法及由此得出的結論的科學性、可靠性方面。

一、評價標準與思想方法

劉路《晚清小說質言》一文的標題中雖標明「晚清小說」，但其內容並不是討論和評價整個晚清時期的各種小說，而在於評價晚清時期眾多小說中的一種「譴責小說」。從這一角度來看，該文頗有一些題目不準確或者文不對題的嫌疑，此暫且不論。

該文在評價晚清譴責小說時，首先描述了當時的歷史狀況，認爲這是譴

〔註1〕《寶雞師院學報》1986年，第1期；中國人民大學報刊資料選彙《中國古代、近代文學研究》1986年，第12期轉載。

〔註2〕相關研究成果較多，可參考鍾賢培《改良主義與〈官場現形記〉——兼評近代小說研究中的一些問題》，《華南師院學報（哲學社會科學版）》1980年，第1期；《劉鶚論辨》，《華南師範大學學報（哲學社會科學版）》1983年，第1期。時萌《關於評價晚清小說的一些看法》，《光明日報》1978年11月28日；《晚清小說論綱》，《光明日報》1986年9月9日。

責小說產生的背景和土壤。文章以階級對立、階級鬥爭爲主線，這樣寫道:「革命和保皇，兩軍對壘，涇渭分明，這就是一九○○年到一九○七年中國社會的兩大思潮。在這兩大潮流針鋒相對的鬥爭中，知識分子是首當其衝的階層。是站在民族民主革命派方面奮臂疾呼宣傳革命呢？還是站在改良派方面抱殘守缺鼓吹改良呢？二者必居其一，中間的道路是沒有的。」對歷史狀況的描述，不能採取這種簡單的二分法，將二者如此分明地對立起來。因爲一定時期的歷史狀況是錯綜複雜的，並不可以這樣一分爲二，進行非此即彼的判斷。1900 年到 1907 年，正是戊戌變法失敗、義和團運動興起、八國聯軍攻入北京、《辛丑條約》簽訂、同盟會成立、以孫中山爲代表的革命派屢遭挫折而又走向活躍的歷史時期。在那樣的時刻，革命和保皇，實際上還沒有辦法「涇渭分明」，知識分子的態度更沒有可能在二者之間「必居其一」。同時也不可否認，在一個人的思想意識系統中，也會存在革命與保皇、進步與倒退、激進與落後、文明與野蠻、開化與蒙昧等多種對立範疇的二重組合。在歷史轉變的關頭，除去處於歷史兩極的少數人而外，更多的人則經常處於中間地帶，這才是歷史的常態。1900 年至 1907 年間的歷史狀況和一些個人的思想狀況也當然如此。而像劉路文章中那樣對歷史進行描述，是不可能與歷史事實相符的。

該文又繼續寫道:「他們（引者按：指改良派）本來就不敢與封建主義決裂，對待封建統治者抱有幻想，害怕和仇恨人民群眾。」以康有爲、梁啓超爲代表的改良主義政治家們，本身即是封建社會制度下的產物，他們無法與封建主義決裂，也是歷史的必然，是他們不可能超越的歷史局限。要求他們對滿清統治者尤其是光緒皇帝完全失去幻想，是根本不可能的事，無異於要求他們看到新世界的曙光。至於說他們「害怕和仇恨人民群眾」，就更不足怪。在政治思想上比改良派進步許多的革命派不是也存在著同樣的缺陷嗎？從具體的歷史背景和政治環境來看，改良派的這一不足，是不必大爲替他們遺憾的。

在這裡，我們無意敘述 1900 年到 1907 年之間革命派受到的種種挫折和他們思想主張、革命行動的飄忽不定，無意述說在百日維新失敗後的幾年裏改良派中以梁啓超爲代表的激進一翼的思想發展仍然具有鮮明的進步意義，也無意強調革命派與改良派某些觀點的一致性和某種程度的聯合，僅從當時的實際情況來看就應當認識到，二者並非像一些人擬想的那樣水火不容、不共戴天。僅以思想方法而論，劉路文章中對這一時段歷史狀況的描述，看似採用了「以階級鬥爭爲綱」和「一分爲二」的方法，抓住了當時社會政治變革的「主要矛盾」，實則把唯物辯證法簡單化、機械化、庸俗化了。

李澤厚曾指出：「很長一段時間以來，我們似乎習慣於搬用軍事的方法，把一切都分爲兩大陣營。唯物主義——唯心主義，現實主義——反現實主義，農民階級——地主階級，等等，總是兩軍對戰的思維方式。」〔註3〕他還指出：「在學術領域裏，搞單一的東西是不符合社會發展趨勢的。我感覺我們有些固定的模式，如哲學史就是唯物論和唯心論的鬥爭史，中國歷史就是農民階級跟地主階段的鬥爭史，文學史就是現實主義與非現實主義的鬥爭史，好像都要搞兩軍對戰才好，這是不是和前幾十年的軍事鬥爭有關？軍事鬥爭勝利以後，把這個模式慢慢地轉到學術領域中來了？」〔註4〕應當清醒地意識到，幾十年來，諸如此類的簡單僵化的思維方式和由此帶來的一些思想認識，已經給我們的人文學術研究造成了巨大的損失。這種意識形態化非常明顯、且不具有學術性的思維方式似乎也到了應當緩行的時候。因爲我們在這方面出現的失誤、吃到的苦頭已經夠多，已足夠令人回味和警醒的了。

二、譴責小說的具體評價

《晚清小說質言》中還寫道：「讓我們來探索，在清王朝日薄西山，垂死掙扎，兩種社會思潮激烈鬥爭，廣大人民群眾日益覺醒的形勢下，譴責小說的作者適應了什麼政治需要？服務於什麼樣的政治思潮？」又寫道：「我們只是如實地把譴責小說放在二十世紀初年階級鬥爭的具體環境中加以考察，只是公正地從階級鬥爭的意義上分析當時就已經涇清渭濁的大是大非問題，來看作者是站在階級鬥爭的哪個方面，對誰有利，起著怎樣的作用。」非常明確，劉路在評價譴責小說時，看的是當時的「政治需要」和「政治思潮」，是「從階級鬥爭的意義上」來評價作家作品的。這就不能不讓人感到困惑：這究竟是在進行文學研究、文學批評呢？還是在做階級成分的評定呢？不錯，生活是文學的源泉，文學是生活的反映。但是，把文學作品視爲政治鬥爭的工具，當成政治觀念的傳聲筒，把文學作品看作生活的簡單複印，不是也太

〔註3〕李澤厚《方法論答問：找最適合自己的方法》，《走我自己的路》，北京：生活·讀書·新知三聯書店1986年版，第32頁。

〔註4〕李澤厚《中國思想史雜談》，《走我自己的路》，北京：生活·讀書·新知三聯書店1986年版，第204頁。

簡單、太不切實際了嗎？即使是所謂文學的社會學批評，對文學的理解也不應當是如此狹隘、如此膚淺的，對文學作品的研究也並未採取如此狹小且毫無出路的角度。

基於上述認識，從這樣的角度出發，該文還考察了如下三個問題：第一，四大譴責小說「對滿清政府採取了什麼態度」；第二，「譴責小說對人民革命的態度」；第三，「譴責小說對封建道德孔孟之道的態度」。最後得出結論說：「綜上所述，譴責小說的思想傾向與當時的革命潮流是背道而馳的，是資產階級改良派在思想文化戰線上的一個方面軍，它的基本精神是反動的，是要促成倒退的。」我們且不說譴責小說在當時及後來產生影響的主導方面是積極還是消極，且不說把譴責小說的作者們都歸入「資產階級改良派」是否有足夠的根據，僅就該文評價文學作品的參照系統和尺度標準而言，就是不能令人苟同的。作者沒有將作品放到中國小說史、中國文學史的歷史長河中，沒有把它們置於中國近代思想文化的大背景下，進行具有文學內涵和文學史價值的評價；而是以僵化的階級鬥爭的觀點，從政治態度的角度，以今人的覺悟態度、思想水平挑出作品的思想局限與政治弊病，從而對譴責小說採取完全否定乃至批判的態度。必須指出，這種以今律古、強加於人的批評方式和思想認識是毫無學術內涵和思想價值的，因而也就是毫不足取的一種肆意而發的言論。

恩格斯曾不止一次地強調評價文學作品的「美學和歷史的觀點」。他指出：「我們決不是從道德的、黨派的觀點來責備歌德，而只是從美學和歷史的觀點來責備他；我們並不是用道德的、政治的、或『人』的尺度來衡量他。」〔註 5〕又指出：「您看，我是從美學觀點和歷史觀點，以非常高的、即最高的標準來衡量您的作品的，……」〔註 6〕列寧也很有見解地指出：「判斷歷史的功績，不是根據歷史活動家沒有提供現代所要求的東西，而是根據他們比他們的前輩提供了新的東西。」〔註 7〕讀一讀這樣的經典論述，再回頭看看劉路文章評價譴責小說的標準和得出的所謂結論，又怎麼能不讓人心生疑問？這

〔註 5〕 恩格斯《詩歌和散文中的德國社會主義》，《馬克思恩格斯全集》第 4 卷，北京：人民出版社 1958 年版，第 257 頁。

〔註 6〕 恩格斯《致斐迪南．拉薩爾》，《馬克思恩格斯全集》第 29 卷，北京：人民出版社 1972 年版，第 586 頁。

〔註 7〕 列寧《評經濟浪漫主義》，《列寧全集》第 2 卷，北京：人民出版社 1984 年版，第 154 頁。

樣的觀點又怎能讓人接受？

爲了進一步印證自己的看法，劉路在《晚清小說質言》一文中又把譴責小說與晚清的其他小說進行了比較。文章在列舉了陳天華《獅子吼》、震旦女士《自由結婚》、黃小配《洪秀全演義》、無名氏《黃帝魂》、頤瑣《黃繡球》等小說之後，指出：「譴責小說與以上這些晚清小說相比，就思想傾向來說，是根本無法望其項背的。」這裡，該文作者又明顯地犯了片面比較的錯誤。這種片面的比較方式不僅在思維方式上存在明顯的缺陷，而且對認識和評價譴責小說當然也不會有什麼學術價値。按照一般的看法，僅就思想的先進性而言，革命派小說可能較譴責小說略勝一籌。但是文學作品的生命力並不僅僅在於其思想的先進性，文學作品的文學史地位也不僅僅以其思想的先進與否作爲唯一的檢驗標準。作爲思想藝術整體的文學作品，不容許進行這樣的政治化、非文學化的分割。這種強行分割的結果，就是距眞正有價値的作家作品評論、有學術意義的文學史考察愈來愈遠。

劉路還在文章中寫道：「僅僅憤怒不能代替對社會現象的冷靜、科學的分析，不能找出解決這些社會問題的正確途徑。」其實，文學創作的特質並不是「冷靜、科學的分析」，而是一個非常複雜的綜合的思想創造和藝術創造過程。尋找解決社會問題的正確途徑，指出革命的方向，這是政治家的使命，而不是文學家的任務，儘管我們不能排除一些文學家也具有這種可能性。譴責小說家們經過深沉的思考，通過對晚清社會種種醜惡現象的描寫，表現了對國家、民族前途命運的憂患、苦悶、焦灼、探索，雖然這其中不可避免地含有在今天看來的屬於種種「雜質」的因素，也沒能指出國家民族的正確出路，但我們認爲，作爲中國比較早的職業小說家或非職業小說家，他們已經完成了自己的創作任務。

魯迅曾說過：「說到『爲什麼』做小說罷，我仍抱著十多年前的『啓蒙主義』，以爲必須是『爲人生』，而且要改良人生。我深惡先前的稱小說爲『閒書』，而且將『爲藝術的藝術』，看作不過是『消閒』的新式的別號。所以我的取材，多採自病態社會的不幸的人們中，意思是在揭出病苦，引起療救的注意。」〔註 8〕事實亦是如此。《狂人日記》只發出了「救救孩子」的吶喊，《阿Q 正傳》也沒有指出革命的道路，而《藥》也只是在夏瑜的墳頂上加了一隻花

〔註 8〕魯迅《我怎麼做起小說來》，《南腔北調集》，《魯迅全集》第 4 卷，北京：人民文學出版社 1981 年版，第 512 頁。

圈。然而誰又能說那時候的魯迅沒有完成文學家的使命呢？歷史只允許他走到這裏，既往的過程已經成爲一段文學史的事實，今天的研究者不應當、也沒有權力對文學家提出過於苛刻的要求。魯迅尙且如此，比魯迅更早的那些譴責小說家們同樣不可能超越他們的時代。

劉路在文章中還指出：「譴責小說的所謂暴露，作者的所謂憤怒，只是當時群眾的最一般的普遍的情緒，並非多麼寶貴、多麼了不起的東西！」這樣的論斷是沒有什麼根據的，不僅沒有事實根據，而且未免過低地估計了小說家們的認識水平，而過於理想化地估計了「當時群眾」的認識能力。就當時中國的實際狀況而言，儘管譴責小說家們不是思想最先進、見解最深刻的人士，但是具有譴責小說家們這樣認識能力和認識水平的人已經不常見，又怎麼能設想當時由絕大多數不識一丁的農民構成的「群眾」的「最一般的普遍情緒」會與譴責小說家的認識水平不相上下？果眞如劉路文章所說的那樣，那麼啓蒙運動就決不會直到五四時期才蔚爲風氣，其後也不會經歷那麼多的坎坷曲折，今日的民眾的精神狀態也早就不會是如此程度、這般水平。

除了思想價值方面的批評之外，劉路在文章中也沒有忘記對譴責小說藝術進行評價。但作者看到的是「教訓多於經驗」，主要體現在如下三個方面：其一，「人物的典型性不高」；其二，「描寫上違反眞實的誇（引者按：原文誤作「套」）張溢惡」；其三，「結構上的鬆散」。並在此基礎上探討造成這種情況的原因說：「譴責小說藝術上這些弊病的產生，有技巧和功力方面的問題，但更主要的原因還得從作者的思想傾向上去找。」如果說該文對譴責小說思想價值的評價角度太「現代」了一些，以至於使古人跟不上今人的思想覺悟的話；那麼，文章對譴責藝術價值進行的批評的立足點則未免太「傳統」了一些，今人反倒未能理解和認識作者們的藝術創造。

誠然，四大譴責小說在創作上存在若干明顯的局限性，四部小說之間也存在許多差異性和不同特點，從中國小說史創作的總體水平來看，譴責小說無論如何都算不上是中國小說史上的一流作品。但是，一部中國小說史是眾多種類、各種層次作品的匯合，偉大的作品在其中畢竟是鳳毛麟角，也必然是極少出現的現象，而眾多的等而下之的作品同樣不可或缺，而且經常佔有數量上的優勢地位。譴責小說沒有塑造出如同賈寶玉、王熙鳳式的輝映千古的典型人物，但也未嘗沒有頗具典型意義的中上級官僚、下級胥吏、外交官等人物形象。不可否認的是，譴責小說家爲中國小說史的人物畫廊增添了新的人物形象，在中國小說從古典到現代的轉換變遷過程中進行了具有探索性、創新性的嘗試與開拓。而且，塑造典型人物也並非小說創作的千古不變的準則，對於包括譴責小說在內的中國小說塑造人物、組織情節、敘述故事等方法，仍需要進行深入的考察和貼切的總結，而不必要完全按照西方文學理論及共其評價標準要求中國小說。

從小說創作的角度來看，譴責小說的誇張也不必視爲敗筆。在《儒林外史》中，眾所周知被且人們公認爲妙筆的范進中舉後突發癲狂，嚴貢生臨終前看到燃著兩盞燈草而遲遲不肯咽氣，誰又能否認這樣的情節安排之中所包含的明顯的誇張成分呢？我們覺得，對於譴責小說的誇張宜以其創作特色目之，而並無大加貶斥之必要。當然我們並不否認譴責小說的誇張與《儒林外史》的誇張之間存在著分寸把握、手段運用、藝術技巧的工拙之別。至於說到小說的敘事結構，也不必過多地向中國小說史上僅有的幾部古典小說名著看齊，而對譴責小說的結構鬆散嚴加批評。譴責小說採用了魯迅在評價《儒林外史》時所說的「雖云長篇，頗同短製」〔註 9〕的結構方式，是有其合理性與必然性的，而且有著小說創作觀念、小說家職業特點、報刊連載要求、小說家創作能力與習慣等多方面的原因。阿英在《晚清小說史》中也曾對譴責小說的創作特點及時代價值進行過比較細緻的討論，特別突出了當時社會政治環境與小說家思想立場及創作之間的關係，可以作爲進一步研究考察相關問題的參考。

總之，如果我們不以傳統小說名著的創作範式、欣賞習慣來要求和衡量晚清的譴責小說，總會發現其在小說藝術上的新探索與新創造，看到其在中國小說、文學史上的應有位置。對於晚清時期大量出現並流行一時的反映官場腐敗黑暗、社會多個領域種種怪現象的小說，魯迅在《中國小說史略》中特別將這種小說的特點概括爲：「辭氣浮露，筆無藏鋒，甚且過甚其辭，以合時人嗜好，則其度量技術之相去亦遠矣」，並特別以「譴責小說」名之。〔註 10〕阿英稱晚清時期是中國小說史上兩個最突出的時期之一，認爲：「在中國小說史上，有兩個時期是最突出的。一是唐朝的傳奇小說，二是晚清小說。這兩個時期小說的特點，就是全面地反映了當時政治、經濟以及社會生活情況，和產生於當時政治、經濟制度疾劇變化基礎上的各種不同的思想。」

〔註 9〕魯迅《中國小說史略》，北京：人民文學出版社 1973 年版，第 190 頁。
〔註 10〕魯迅《中國小說史略》，北京：人民文學出版社 1973 年版，第 252 頁。

〔註 11〕這些都是經過認眞研究、深入思考之後的學術性表述，有其特定的思想含義和學術用意，而決不是偶然的興之所致或無意爲之。在劉路看來，似乎譴責小說具有這些「弊病」的原因主要在於作者們思想落後。而我們認爲，作家思想的先進程度與作品藝術成就的高下之間並不存在這種正比例或正相關的關係。不言而喻，一部作品藝術成就的高下，是由多方面複雜的主客觀因素共同作用的結果，而不是決定於作者思想的先進與否。其中實際上也包含著若干難以一一坐實解答的偶然性因素。因此《晚清小說質言》一文對譴責小說藝術性的批評也是沒有學術價值的，也是不恰當的，也就是難以令人接受的。

三、內在矛盾與尷尬認識

我們還想指出，就作者劉路爲自己確定的批評視角、思想方法與其在《晚清小說質言》一文中實際採用的論述視角、研究方法之間，還存在著明顯的不一致現象，從而使文章內部出現了難以自圓其說的內在矛盾，這不能不嚴重影響甚瓦解該文的論述和結論。顯然，這是《晚清小說質言》一文及其作者劉路無法擺脫而又難以解決的一個難題。

請看作者爲自己確定的目標：「以馬克思主義的態度和宏觀的文學研究的方法研究發生在辛亥革命前夕的文學創作……」，又說：「在評論中嚴格尊重事實，全面深入地考察評價對象以及與此有關的各種實際，把對作家作品的評價和對歷史的評價統一起來，把作品和作品產生的社會環境、時代背景聯繫起來，作周密細緻的調查研究，力戒主觀性、片面性和表面性。」話雖然這樣說，但是從該文的實際情況來看，作者爲自己設定的目標顯然沒能夠實現。文章中採用的所謂階級對立和階級分析方法，顯然不可與「馬克思主義的科學態度」同日而語。況且，作者關於中國近代階級分析與對階級鬥爭的描述尚有許多與歷史事實不相符合之處。在研究方法如此陳舊僵化、歷史事實不夠準確的情況下所進行的所謂研究分析，如何能夠眞正取得具有創新意義和學術價值的研究成果？這的確是一個應當認眞考慮、審慎對待的問題，也是劉路文章必然面對的一個困難。

作者還準備採用「宏觀的文學研究的方法」。但是，首先應當明確的是，

〔註 11〕阿英《略談晚清小說》，《小說三談》，上海：上海古籍出版社 1979 年版，第 196 頁。

什麼是宏觀的文學研究方法？儘管多年來對於所謂「宏觀研究」經常處於莫衷一是的狀態，直至目前也沒有取得完全一致的意見，但有一點似乎是沒有什麼異議的，即文學研究再不能簡單地成爲政治理論的附庸，文學創作再不能成爲政治鬥爭的工具，再不能「以階級鬥爭爲綱」，而應當更多地回歸文學的本質屬性自身，回到文學發生發展的宏闊文化背景之中。如果劉路認爲自己的文章採用的即是「宏觀的文學研究的方法」，那麼在筆者看來，不能不說眞的有些失之毫釐而謬以千里了。實際上該文運用的是陳舊僵化的庸俗社會學、簡單生硬的階級分析方法，與宏觀研究方法可以說了無干係。這一點，不用進行特別專門的考察就可以非常分明地看到。與此同時，作者爲自己規定的「嚴格尊重事實」、「全面深入」、「周密細緻」、「力戒主觀性、片面性和表面性」等等，也實在沒有在這篇文章中成爲現實。我們在讀該文時，一方面可以感覺到作者拓展文學研究視野、拓展思維空間的良好主觀願望；另一方面卻看到很多人都似曾相識或者非常熟悉的政治標準第一、藝術標準第二的政治功利觀。不能不說，這種理想與現實之間的矛盾、主觀願望與實際能力之間的差距，使這篇文章陷入了無法擺脫的尷尬境地。

我們看到，該文在引用馬克思、恩格斯的言論及其他經典著作時，也存在著明顯的牽強附會之處。這種情形的出現，也不能不對文章的論證過程和結論產生明顯的影響。比如：「毛澤東同志把『對待人民群眾的態度如何』作爲評價過去時代文學遺產的主要標準，作爲無產階級必須『首先檢查』的內容，顯而易見李伯元的《官場現形記》是經不起檢查的。」毛澤東發表於 1942 年 5 月 23 日的《在延安文藝座談會上的講話》是這樣講的：「無產階級對於過去時代的文學藝術作品，也必須首先檢查它們對人民的態度如何，在歷史上有無進步意義，而分別採取不同態度。」〔註 12〕如果不顧毛澤東作爲政治人物的特殊身份和講這番話的特定歷史條件及用意，不顧時間已經過去了幾十年，就將它生搬硬套到今天的文學研究和作家作品評論中來，以此作爲第一標準把古往今來的作家作品都「檢查」一番的話，試想，經得起這種檢查、受得了如此考驗的文學還會剩下多少呢？況且那句「在歷史上有無進步意義」的話，劉路爲什麼視而不見呢？不能不說這樣的論述存在嚴重的瑕疵，其邏輯上的合理性、學術上的科學性、思想上的準確性都不能不大受影響。

〔註 12〕毛澤東《在延安文藝座談會上的講話》，《毛澤東選集》一卷本，北京：人民出版社 1967 年版，第 826 頁。

該文還引用恩格斯的話：「巴爾扎克在政治上是一個正統派，他的偉大作品是對上流社會必然崩潰的一曲無盡的輓歌，他的全部同情都在注定要滅亡的那個階級方面」，以此來證明晚清時期的譴責小說「是資產階級改良派在思想文化戰線上的一個方面軍，它的基本精神是反動的，是要促成倒退的。」儘管恩格斯在《致瑪．哈克奈斯》中的這段言論已經被人們頻頻引用，但是爲了討論問題的方便，我們覺得仍有再引用一次的必要。恩格斯是這樣說的：「不錯，巴爾扎克在政治上是一個正統派；他的偉大作品是對上流社會必然崩潰的一曲無盡的輓歌；他的全部同情都在注定要滅亡的那個階級方面。但是，儘管如此，當他所同情的那些貴族男女行動的時候，他的嘲笑是空前尖刻的，他的諷刺是空前辛辣的。而他經常毫無掩飾地加以讚賞的人物，卻正是他政治上的死對頭，……這樣，巴爾扎克就不得不違反自己的階級同情和政治偏見；……——這一切我認爲是現實主義的最偉大勝利之一，是老巴爾扎克最重大的特點之一。」〔註 13〕可見，恩格斯以其深刻的思想修養和藝術眼光，深深地理解了巴爾扎克，清楚地看到了他世界觀與創作方法之間的深刻矛盾，充分肯定《人間喜劇》是現實主義創作方法的偉大勝利。而劉路在文章中只是根據自己的需要引用了其中的一句，去掉了前面的「不錯」和後面的「但是」兩個並非可有可無的連詞，接下來的進一步闡發論述並揭示這段言論主旨的重要部分也不看下去，就如此匆忙地得出了自己的結論。這樣只引前半句而不顧下文的行文方式和論述方法，不僅使恩格斯的論斷沒能成爲劉路文章的佐證，而且大有斷章取意之嫌。

綜上所述，我們認爲劉路的《晚清小說質言》一文，從研究晚清小說的思想方法到所採用的評價標準，從對晚清譴責小說的具體評價到論述方式，都存在非常明顯的問題和缺陷。該文在思想方式、研究方法、近代文化史與文學史事實、學術論文寫作的基本規則與規範等方面，均出現了非常明顯甚至相當嚴重的問題。從中國近代文學研究和中國小說史研究的承傳性、規範性和創新性的角度來看，甚至可以說這樣的文章實際上並沒有什麼創新意義和學術價值。對此，從事晚清小說或近代文學研究的人士應當予以注意並引以爲戒，以正確的具有建設性、創新性的方式和方法進行學術研究，以眞正促進中國近代文學及譴責小說研究的持續發展。

〔註 13〕恩格斯《致瑪．哈克奈斯》，《馬克思恩格斯選集》第 4 卷，北京：人民出版社 1972 年版，第 463 頁。

「經世文派」質疑
——與鄭方澤先生商榷

鄭方澤先生在《論經世文派》〔註1〕一文中，提出中國近代文學史上存在著一個「經世文派」，認爲該派在近代文學史上經歷了三個發展階段，並用較長的篇幅進行了相當充分的論證，提出了這一文派得以成立的根據，並對該派的文學史影響及地位給予高度評價。筆者對此文提出的「經世文派」的觀點有所質疑，現根據自己對近代文學基本情況的瞭解和對文學流派相關情況的認識予以提出並陳述理由，以就教於鄭方澤先生並其他方家。

在通常情況下，文學流派的劃分主要有兩種情況：一是文學家群體在成立該流派之始，即提出過共同的文學主張和藝術追求，有組織、有綱領，也有自己擬定的名稱，如中國現代文學史上的文學研究會、創造社等；二是文學家群體並沒有自覺地有意識地在其時代裏組成派別，但形成了相同或相近的文學主張與藝術趣味，而由後人爲之命名，如中國古代文學史上的公安派、桐城派等。對於文學史研究而言，前者的問題一般較少，而後者的情況則可能相當複雜。往往由於不同的研究者對同一研究對象認識上的差異，經常出現見仁見智、各有見解的情形。對於有的研究對象，有人認爲大可成派，如對於湯顯祖與「臨川派」及相關問題的認識，湯顯祖及其他創作趣味相近的戲曲家在中國戲曲史、文學史上是否可以構成一個「臨川派」，這一派別是否

〔註1〕鄭方澤《論經世文派》，《吉林省教育學院學報》1988年，第1期；又《社會科學戰線》1989年，第1期。後者較前者有所增刪。爲行文方便，以下簡稱前者爲鄭文A，稱後者爲鄭文B。

具有足夠的成立根據，就一直存在著爭議。

關於中國近代文學史上的「經世文派」問題，應當屬於第二種情況。就中國近代文學史的實際情況和關於文學流派劃分或成立的通常情況來看，筆者覺得「經世文派」的成立缺乏足夠的學術根據。這種分歧的存在，說到底是劃分文學流派的不同標準和對於「經世文派」的不同認識問題。我們認爲，劃分文學流派，需要以冷靜審愼的學術態度，仔細全面地考察文學群體是否具有相同或相近的思想基礎、文學主張、藝術追求和文體風格，以此爲標準進行綜合的考察。假如以此爲基礎考量鄭方澤先生提出的「經世文派」的觀點和認識，即可以發現一些明顯的值得討論商榷之處。

第一，對於「經世文派」之「經世」概念的內涵，鄭方澤先生並未作出明確的說明，對其外延也未進行嚴格的界定，使人無法準確把握「經世」的具體內容和適用範圍。在這樣的起點上進行文學流派的劃分，必然產生邏輯上的混亂和實際操作中的無效。由於概念內涵不明確、不統一，對於中國近代文學史上的同一個作家、同一篇作品，有的研究者可以認爲其存在「經世」觀點，於是可以歸入「經世文派」；有的研究者則可能予以否認，不承認或不接受其作爲「經世文派」的合理性。即使是那些可以共同認爲可以納入「經世文派」的作家和作品，由於時代環境、作家思想、作品內涵、實際影響等方面的複雜性和不確定性，也可能存在著「經世」思想內涵、程度、意義上的細微差別。因爲在正常情況下，文學史現象往往是複雜多變的，作家作品表現出的思想傾向也通常不是單一的、純粹的。假如對這種豐富多樣的創作現象進行人爲的簡化、淨化處理，必然失落有價值的文學創作現象及其文學內涵，也就必然失去文學史研究的學術意義。

從中國文學史上的大量事實來看，文學流派名稱的產生可以有不同的情況，江西詩派、吳江派由地名而來，建安七子、初唐四傑由時代而來，三曹、三蘇由姓氏和家族而來，復社、南社由他們自覺成立在組織而來，漢魏六朝派、唐宋派由其創作取徑和理論宗趣而來。諸如此類，不一而足，情況非常複雜。但有一點是相同的，即這些文學流派均具有明確的內涵與外延，在理論和實踐上都具有相當明確的合理性，也具有實際操作上的可行性。但是，以「經世」與否作爲劃分中國近代文學流派的標準，實在缺少文學史事實的根據，也缺少概念上的明晰性與合理性，事實上也不可能以此爲標準對中國近代文學史進行有效的考察。既如此，所謂「經世文派」的科學性、合理性就必然受到極大的挑戰。

第二，從鄭方澤文章論述的具體情況來看，「經世文派」並沒有共同的思想基礎、自覺意識和文學主張，因而無法用這一名稱將空前複雜、變化多端的文學思想和創作現象概括起來。鄭文 A 指出：「經世文派在鴉片戰爭之前形成，之後得到發展，戊戌變法時期盛行，經歷了三個發展階段」：（1）「早期以龔自珍、魏源為代表，倡導經世致用之學，首開經世與散文相結合的風氣」；（2）「中期以馮桂芬、王韜為代表，此外還有馬建忠、鄭觀應等人。主要活動於鴉片戰爭之後，甲午中日戰爭之前」；（3）「晚期以資產階級維新派領袖梁啓超、譚嗣同為代表，早期的康有為也是積極的參與者。主要活動於中國社會歷史向近代過程急遽加速的甲午中日戰爭之後，辛亥革命之前」。對於最後一個階段的表述，鄭文 B 作：「晚期以梁啓超、譚嗣同為代表的多數資產階級維新派人都是積極的參與者。主要活動於中國社會歷史向近代過程急遽加速的甲午中日戰爭之後，辛亥革命之前。」相當明顯，就鄭方澤文章中提及的「經世文派」各個階段的代表人物而言，他們巨大的思想差異和不同的文學主張如此明顯在存在著，是不宜用一個「經世」來掩蓋的。為了說明問題的方便，可以根據中國近代文學史的基本事實簡單回顧一下其中的主要情況。

龔自珍、魏源生活的時代，正處於封建王朝危機四伏、但尚未完全爆發的階段。龔自珍以驚人的敏感，感覺到了一場社會變革的來臨。他描繪道：「日之將夕，悲風驟至，人思燈燭，慘慘目光，吸飲莫氣，與夢為鄰。……則山中之民，有大音聲起，天地為之鐘鼓，神人為之波濤矣」。〔註 2〕他也曾在詩歌中熱切地呼喚「風雷」的到來：「九州生氣恃風雷，萬馬齊喑究可哀。我勸天公重抖擻，不拘一格降人材。」〔註 3〕但是龔自珍的這種危機感尚很朦朧，更不可能超越他的時代，提出解決危機的辦法。龔自珍還是從今文經學中尋找救世的藥方，其思想仍屬於地主階級改革派的範疇。正如他自己所說：「霜豪擲罷倚天寒，任作淋漓淡墨看。何敢自矜醫國手，藥方只販古時丹。」〔註 4〕魏源亦是如此，雖然他曾在鴉片戰爭時期提出「以夷攻夷」、

〔註 2〕龔自珍《尊隱》，《龔自珍全集》，上海：上海人民出版社 1975 年版，第 87～88 頁。

〔註 3〕龔自珍《己亥雜詩》之一二五，《龔自珍全集》，上海：上海人民出版社 1975 年版，第 521 頁。

〔註 4〕龔自珍《己亥雜詩》之四十四，《龔自珍全集》，上海：上海人民出版社 1975 年版，第 513 頁。

「師夷長技以制夷」〔註5〕的主張，但是其政治理想也不過是封建王朝經過學習西方的兵工技術以制服洋人，從而保持封建王朝的安寧與強盛。龔自珍、魏源二人的見解雖然在當時可謂相當開明，但仍然沒有涉及到國家政治體制的改革問題。這一點，決不可以與後來的維新派的政治主張相混淆。因此，他們主張經世致用的內容仍然是與中國自古以來尤其是清初以來興盛一時的經世致用思潮一脈相承，其思想基礎仍然是中國傳統文化的範圍而尚未眞正具有走向世界的眼光和態度。

到了十九世紀七八年代，由於洋務運動的興起，西學東漸思潮出現了較爲興盛的局面。這一時期占主導地位的思想是洋務思潮，即主張學習西方的堅船利炮、聲光化電，「變器而不變道」，「舊學爲體，新學爲用，不使偏廢」；「中學爲內學，西學爲外學；中學治身心，西學應世事」；「夫不可變者，倫紀也，非法制也；聖道也，非器械也；心術也，非工藝也」；「夫所謂道、本者，三綱、四維是也。若舉此棄之，法未行而大亂作矣。若守此不失，雖孔、孟復生，豈有議變法之非者哉？」〔註6〕希望在這樣的總體格局中改變中國落後挨打的局面。但是也有一些有識之士，因爲較多地瞭解西方的科學技術和文化，認識到僅僅在辦洋務的層次上學習西方存在著巨大的局限，從而主張政治體制方面的改革，通過變更法度促使中國走向富強的道路。於是以王韜、馮桂芬爲代表的早期改良主義思潮開始出現。這是中國近代文化思想變遷過程中的一次具有歷史意義的深刻變化。

王韜、馮桂芬等人的政治文化思想開始擺脫傳統的封建地主階級的思想體系，融入了若干具有近代資本主義思想的因素，這是他們與此前的龔自珍、魏源那一代知識分子的根本區別。他們辦報紙、發政論，擴大影響，製造聲勢，引領時代風潮的變化，在當時產生了顯著影響。但是，他們仍然沒能拿出進行政治體制改革的實際方案，更沒有可能付諸實際行動。因此，王韜、馮桂芬等提倡的改革所具有的「經世」內容雖然產生了一些新變，但尚未具有實踐的意義。從歷史發展過程來看，王韜、馮桂芬那一代改革者實際上處於此前的龔自珍、魏源等老一代改革者和其後的康有爲、梁啓超等爲代表的新一代改革者的過渡轉折過程中。他們既不同於龔自珍、魏源一代，又不同

〔註5〕魏源《海國圖志敘》，《魏源集》，北京：中華書局1976年版，第270頁。

〔註6〕張之洞《勸學篇》，苑書義等主編《張之洞全集》第十二冊，石家莊：河北人民出版社1998年版，第9747～9767頁。

於康有爲、梁啓超一代；既是地主階級改革派的終結，又是資產階級維新派的先導。

直到甲午中日戰爭之後，歷史的慘痛教訓又一次警示了中國知識分子，喚醒了更多的具有愛國思想的中國民眾。一批具有新的思想基礎、政治見解和文化眼光的知識分子迅速成長起來，他們的態度更加開放，明確地提出改變國家政治體制的要求，要把這個已經延續了兩千多年的封建帝國改變爲具有近代國家制度和政治形態意義的君主立憲制的資本主義國家。而且在各方主張改革的政治力量的支持下，將這一新的政治目標付諸實際行動。在湖南開展的新政成爲變法改革的範例，隨後由光緒皇帝下詔開展的維新變法運動成爲中國近代歷史進程中一個非常關鍵的轉折點。就鄭文 A 中列舉的康有爲、梁啓超、譚嗣同（鄭文 B 中又加上了黃遵憲）等人的「經世」思想來說，他們不再是傳統意義上的知識分子，已經跨入資產階級改革家的行列，已經顯然不同於早半個世紀左右的龔自珍、魏源一代，與王韜、馮桂芬等相比也有了巨大的進步。

因此，這三個時代的思想文化精英們，雖然都有過「經世」的思想觀念和言論主張，但其思想體系、階級屬性已大大不同。康有爲也曾言今文經學的「三世說」，但他的目的顯然在於託古改制，在於「更搜歐亞造新聲」，〔註 7〕而不再是龔自珍的「藥方只販古時丹」。〔註 8〕由於存在著這樣的重大差異，他們的思想觀念、文學主張中雖然有「經世」這一點是可以相通的，但總體上已經不宜混爲一談。

龔自珍的「尊情」主張仍然是自古以來個性解放思想的繼承發展，與李贄、湯顯祖、馮夢龍、徐渭、公安三袁、顧炎武、黃宗羲等的思想主張一脈相承。王韜、馮桂芬則由於對政治鼓動、思想宣傳有了更加深切的認識，而且可以借助報刊等途徑，有意識地加強了文章的政論色彩，更注意其宣傳性、鼓動性，充分發揮了文學的宣傳功能。康有爲、梁啓超一代則把文學作爲政治改革、思想鼓動的一種可以利用的工具或手段，並將其發揮到空前的程度。

〔註 7〕康有爲《論詩示菽園，兼寄任公、孺博弟》，上海市文物保管委員會文獻研究部編《萬木草堂詩集——康有爲遺稿》，上海：上海人民出版社 1996 年版，第 288 頁。此詩又題《與菽園論詩兼寄任公孺博曼宣》，末句作：「惝恍諸天聞樂聲」。見康保延編《康南海先生詩集》，臺北：中國丘海學會 1995 年版，第 455～456 頁。

〔註 8〕龔自珍《己亥雜詩》之四十四，《龔自珍全集》，上海：上海人民出版社 1975 年版，第 513 頁。

雖然幾代知識分子、政治人物都強調文章的實用性，但是思想上的實質性差異決定了他們的文學觀念也屬於不同的範疇。所以，僅僅抓住內容非常寬泛、所指不甚明確、適用性很強的「經世」一點，著重強調處於不同時代、不同思想意識、不同文學觀念的三代思想家、文學家的相通之處，並生硬地將他們歸於一處而以「經世文派」名之，就必然忽視了他們之間的眾多不同和許多根本性差異，也就不能不產生以偏概全的弊病。

因此我們認為，鄭方澤提出的中國近代文學史上存在著一個「經世文派」並經歷了三個發展階段的說法不具有科學意義和創新價值，令人難以接受，更無法令人信服。而這一點正是鄭方澤文章中的重點之所在。同樣的道理，所謂中國近代文學史上存在著一個「經世文派」的認識，也有諸多的事實根據和理論根據不足、邏輯上混亂不清的困境，仔細推敲起來，難以服人之處更多。應當認為這一觀點並沒有什麼可靠的根據，因而是無法成立的。

第三，所謂「經世文派」作家並沒有一致的審美觀，也沒有形成一致的文體風格。根據鄭方澤先生的闡述，文章中已經列舉的「經世文派」代表人物並不是這一派別文學家的全部，但是，即以文章中已經列舉出來的代表作家而論，就不能認為他們具有共同的審美觀念和一致的文體風格。

概括地說，由於龔自珍、魏源具有敏銳的思想認識和深厚的學術功底，常常顯得靈動深邃、古奧淵博，也有的文章俶俺連犿，以抒寫性靈、張揚個性為追求；姚瑩注重文學的實用性和政治性，開始突破了桐城派古文義法的束縛，著意抒寫情感懷抱和主觀感受；林則徐的文章則充滿了頑強抗爭的精神和愛國禦侮的激情；王韜、馮桂芬的政論文平易切實、邏輯嚴密，極具說服力，開後來大為興盛且影響廣泛的報章文體的先河；康有為的文章汪洋恣肆、慷慨陳詞、剴切動人；梁啓超的文章充滿激情、筆力千鈞、一瀉千里，極富宣傳性和鼓動性，但有時又不免重疊過度、累贅繁複之缺點；譚嗣同的文章則縱橫古今、鋒芒逼人、深刻凝重。這些情況不可能用「經世文派」這一名稱來統一概括，而應當作出具體的分析闡述。

此外，鄭方澤在文章中提及的包世臣、張際亮、湯鵬、馬建忠、鄭觀應、黃遵憲等人的文章，也存在顯著的思想差異和文體差異，各有自己的淵源取徑、內容特色、文體風格。因此應當根據各自的情況做具體分析，而不宜像鄭文 B 中所說的，「經世文派」文章在「在審美觀上，共同形成條理明晰，自然流暢、抒發眞情的藝術風格」。而且，鄭文 B 中把「多數資產階級維新派」

都歸入了所謂「經世文派」，就更加難以尋找其共同的審美觀念和藝術風格了。因此，鄭方澤先生關於「經世文派」文章審美觀念的論述，或過於空泛難以落實，或主觀臆斷無法求證，未能對中國近代文學史上文章的發展變化提出有學術價值和啓發意義的認識，因而這種說法也是不能成立的。

第四，假如按照鄭方澤文章的觀點，就可以發現，中國近代文學史上具有明確的「經世」思想並以散文形式表達出來的文學家實在太多，決非僅僅限於鄭方澤文章中所列舉的「經世文派」的範圍。這種情況的出現，就使所謂「經世文派」的區分標準出現了巨大的困難，這一名稱也就失去了存在的必要性與可能性。比如薛福成就說過：「文者，道德之明，經濟之輿也。自古文周、孔、孟之盛，周、程、張、朱之賢，葛、陸、范、馬之才，鮮不藉文以傳。苟能探厥奧妙，足以自淑淑世。捨此則又何求？」〔註 9〕梅曾亮說：「竊以爲文章之事，莫大乎因時。」〔註 10〕又說：「見其人而知其人，人之眞者也；見其人而知其文，文之眞者也。人有緩急剛柔之性，而其文有陰陽動靜之殊。」〔註 11〕方東樹說：「是故文章之難，非得之難，爲之實難。……夫文亦第期各適一世之用而已，而必劌心刳肺，齗齗焉以師乎古人若此者，何也？以爲不如是，則不足以爲文也。此固無二道也。」〔註 12〕又說：「文不能經世者，皆無用之言，大雅君子所弗爲也。」〔註 13〕張之洞說：「合眾人之心思以求實用，合萬國之器物以啓心思，烏得不富，烏得不強？」〔註 14〕曾國藩說：「文章與世變相因」，〔註 15〕還有曾國藩對「經濟之大法」和「實事求是」的一貫關注和強調。〔註 16〕曾紀澤說：「吾華清流士大夫，高論唐

〔註 9〕薛福成《拙尊園叢稿序》，鄭振鐸編《晚清文選》，上海：上海書店 1987 年影印本，第 230 頁。

〔註 10〕梅曾亮《答朱丹木書》，舒蕪、陳邇冬、周紹良、王利器編選《中國近代文論選》，北京：人民文學出版社 1981 年版，第 20 頁。

〔註 11〕梅曾亮《太乙舟山房文集序》，舒蕪、陳邇冬、周紹良、王利器編選《中國近代文論選》，北京：人民文學出版社 1981 年版，第 21 頁。

〔註 12〕方東樹《答葉溥求論文書》，舒蕪、陳邇冬、周紹良、王利器編選《中國近代文論選》，北京：人民文學出版社 1981 年版，第 32～33 頁。

〔註 13〕方東樹《復羅月川太守書》，郭紹虞主編《中國歷代文論選》第三冊，上海：上海古籍出版社 1980 年版，第 314 頁。

〔註 14〕張之洞《上海強學會序》，鄭振鐸編《晚清文選》，上海：上海書店 1987 年影印本，第 286 頁。

〔註 15〕曾國藩《歐陽生文集序》，舒蕪、陳邇冬、周紹良、王利器編選《中國近代文論選》，北京：人民文學出版社 1981 年版，第 61 頁。

〔註 16〕曾國藩《聖哲畫像記》，舒蕪、陳邇冬、周紹良、王利器編選《中國近代文論

虞商周糟粕之遺，而忽肘腋心腹之患，究其弊不獨無益，實足貽誤事機。挫壯健之軀，以成羸尫之疾。此其咎不全在讀書酸子，亦當事者憚於締構，怯於肩任，有以釀之。」〔註17〕郭嵩燾說：「求所以爲保邦制國之經，以自立於不敝，沛然言之，略無顧忌。」〔註18〕吳汝綸說：「抑執事之繹此書（引者按：指嚴復譯《天演論》），蓋傷吾土之不競，懼炎、黃千年之種族，將遂無以自存，而惕惕焉欲進之以人治也。本執事忠憤所發，特借赫胥黎之書，用爲主文譎諫之資而已。」〔註19〕在這裡，我們不僅看到了吳汝綸的認識，也看到了嚴復的思想。李鴻章也說過：「鴻章竊以爲天下事窮則變，變則通。中國士大夫沉浸於章句小楷之積習，武夫悍卒又多粗蠢而不加細心，以致用非所學，學非所用。無事則斥外國之利器爲奇技淫巧，以爲不必學；有事則驚外國之利器爲變怪神奇，以爲不能學。」〔註20〕恭親王奕訢說：「夫中國之宜謀自強，至今日而已亟矣。識時務者莫不以採西學、製洋器爲自強之道。……夫若以師法西人爲恥，此其說尤謬。夫天下之恥，莫恥於不若人。……獨中國狃於因循積習，不思振作，恥孰甚焉？今不以不如人爲恥，而獨以學其人爲恥，將安於不如而終不學，遂可雪其恥乎？」〔註21〕如此等等，在中國近代文學史、思想史上具有相同文化觀念或文學主張並以散文形式表達出來的人還有許許多多，實在無法一一列舉。

可以說，經世致用、救亡圖強在中國進入近代之始就已經開始醞釀，隨後逐漸發展成爲一種強大的跨越幾個階段、包括眾多人物、產生深刻歷史影響的時代思想潮流。以上所列舉的人物，按照一般的劃分方法，在政治上有的可歸入洋務派，有的可歸入維新派；在文學上有的可歸入桐城派，有的可以算是湘鄉派；在後來的評價中，有的被視爲對中國近代文化進程作出了重要貢獻的傑出歷史人物，有的則在某些特殊的歷史時期被罵爲「漢奸」、「賣

選》，北京：人民文學出版社1981年版，第62～66頁。

〔註17〕曾紀澤《倫敦致丁雨生中丞》，鄭振鐸編《晚清文選》，上海：上海書店1987年影印本，第279頁。

〔註18〕郭嵩燾《上合肥相伯書》，鄭振鐸編《晚清文選》，上海：上海書店1987年影印本，第158頁。

〔註19〕吳汝綸《答嚴幼陵》，舒蕪、陳邇冬、周紹良、王利器編選《中國近代文論選》，北京：人民文學出版社1981年版，第310頁。

〔註20〕李鴻章同治三年致恭親王和文祥信，見蔣廷黻《中國近代史》，長沙：嶽麓書社1987年版，第50頁。

〔註21〕恭親王奕訢《奏請開設同文館疏》，鄭振鐸編《晚清文選》，上海：上海書店1987年影印本，第523～524頁。

國賊」。無論這些人物屬於何種政治派別、文學群體，或具有怎樣的思想特徵與文化觀念，都如此強烈地表現出務實尚用、經世自強的思想傾向。

面對這種情況，按照鄭方澤文章的觀點，這些人物是否全部可以歸入「經世文派」？如果可以，那麼就會造成「經世文派」包括中國近代文學史、思想史、政治史上幾乎所有主張「經世致用」的人物。假設如此的話，還能說「經世文派」的提法有任何學術價值和實際意義嗎？如果認爲他們不能算是「經世文派」，那麼按照鄭方澤文章中提出的標準來衡量，又實在沒有將他們拒之門外的理由。假如採用雙重標準來進行包括「經世文派」在內的文學流派的劃分，就不僅明顯地出現了不公平的做法，而且同樣會削弱這種研究方式和結論的科學性。既如此，存在著如此明顯的內在矛盾和認識偏頗的關於「經世文派」的觀點，還有什麼存在的意義呢？

第五，鄭方澤先生文章中的幾處言論令人非常費解，不能不大大動搖文章立論的準確性和科學性。其一，既然提出「經世文派」到戊戌變法時期即已達到了高峰，該流派的三個發展階段也告結束，那麼如何處理隨後出現的一大批革命派文學家？從階級屬性上看，革命派文學家也屬於資產階級，與康有爲、梁啓超等維新派相同；從文學主張上看，他們更加強調文學的民族精神、救國宣傳、政治鼓動；從文學創作實績來看，鄒容、陳天華、秋瑾、章太炎等一批革命家兼文學家取得了突出的創作成就，陳去病、高旭、馬君武、寧調元、周實、柳亞子等一批南社文學家將反清革命思想在文學創作中空前充分地表現出來。按照鄭方澤先生文章中的觀點，這些文學家群體和相關創作現象必定與「經世文派」有著眾多的相通之處，似乎沒有理由不把他們也納入其中。其二，既然在鄭文 B 中指出「經世文派」「都反對桐城派的『道統』、『文統』和『義法』之說，追求無拘無束地表現自我的創作個性」，又將桐城派文學家或與桐城派關係密切、大有淵源的文學家作爲「經世文派」中人物，比如作爲「姚門四弟子」之一的姚瑩、與曾國藩及湘鄉派的文化思想、政治關係密切的馬建忠，都被視爲「經世文派」作家，這豈不是標準混亂且自相矛盾？其三，在鄭文 B 中，作者把以黃遵憲爲代表的史詩性作品的出現、譴責小說的興起、戲曲改良運動的發生均視爲「經世文派」影響的結果，還將一些桐城派或湘鄉派文學家如梅曾亮、曾國藩等人的強調務實、經世，均歸結爲「經世文派」所產生的「衝擊波」的衝擊，問題哪有這麼簡單？如此立論的文獻根據和史實根據是什麼？假如沒有足夠證據的話，這樣的觀點就是不能成立的。

根據相關文獻資料、文學史事實及一般的文學史理論觀念，探究中國近代文學史上如此複雜多樣的文學創作現象產生的原因，一是要考察中國近代文學史發展進程的內部原因，包括文學家及其群體的文學觀念、思想變遷、創作過程、文體選擇、能力才情、教育經歷、學術承傳等多方面因素，回到文學創作的具體語境、具體過程中去認識和評價這些現象及其意義價值；一是要探尋這些文學創作現象得以產生的外部原因，主要包括中國近代內憂外患、內外交困的歷史文化背景、中國知識分子以天下爲己任的入世情懷、天下興亡匹夫有責的精神傳統的承傳影響等等，從而盡可能貼切或準確地認識這些創作現象。從這一角度來看，認爲是由於「經世文派」的強大「衝擊力」才形成這些現象的觀點是沒有什麼文獻根據和事實根據的，因而也就是無法站住腳的。

即便是按照鄭方澤先生文章自身的邏輯，也應當認爲，作爲一個文學流派的「經世文派」不可能擁有那麼神奇的「衝擊力」，而是中國文學自身發展進程與中國近代文化狀況、中國近代文學家乃至更多的知識分子的入世情懷、民族品格、愛國精神等主客觀因素的共同促進，才造成了如此複雜多樣、變化多端的文學現象。這些因素同時也造就了「經世文派」，而不是「經世文派」「衝擊」出了那樣的文學面貌。這種思考文學史問題和評價文學史現象的主次關係是不能顛倒的。假如對此不能有清晰的認識，就必然使自己的思想認識和研究結論走上毫無根據的主觀臆斷的道路。非常可惜，鄭方澤的文章恰恰出現了這樣的問題。

第六，退一步說，假如覺得關於「經世文派」的觀點還可以接受的活，那麼將會給包括近代文學在內的中國文學史研究帶來非常大的麻煩，造成混亂不堪的局面。因爲按照鄭方澤先生文章的基本觀點和思維邏輯，可以發現古往今來的中國文學史上存在著數不清的「經世」文學家。千百年來，以儒家道德哲學思想爲核心的入世觀念已經深深植根於中國知識分子的文化心理結構之中，成爲許多中國文學家最重要的人生追求和人格特徵。比如：「古之欲明明德於天下者，先治其國；欲治其國者，先齊其家；欲齊其家者，先修其身；欲修其身者，先正其心；欲正其心者，先誠其意；欲誠其意者，先致其知。致知在格物，物格而後知至；知至而後意誠，意誠而後心正；心正而後身修，身修而後家齊；家齊而後國治，國治而後天下平。」〔註 22〕簡單地說就是「修身、齊家、治國、平天下」。「以天下爲己任」，〔註 23〕「先下天之憂而憂，後天下之樂而樂」，〔註 24〕等等。數千年的中國文學歷程昭示著一個明顯的事實：強調文學的政治意識、社會價値、實用功能已經成爲中國文學的民族性格之一。縱觀中國文學的發展歷程可以發現，浪漫主義傳統遠遜色於現實主義傳統，大多數文學家的創作主要表現爲入精神、對現實人生的關注、對社會政治狀況的思考、對民生苦難的悲憫與憂患，也與這種文學精神傳統有著極大的關係。

在各個時代的中國文學史上，都不難發現文學經世致用品格、務實避虛精神的表現或折光。孔子所說的「詩可以興，可以觀，可以群，可以怨，邇之事父，遠之事君，多識於鳥獸草木之名」，〔註 25〕「《詩》三百，一言以蔽之，曰思無邪」，〔註 26〕「未能事人，焉能事鬼」、「未知生，焉知死」〔註 27〕等等，都是從務實與尙用的角度闡述其文學觀念和人生態度的。屈原也只是在報國無門、救國無力的絕望情況下才去作一名詩人並獻出生命的。這種情形，用近代傑出詩人黃遵憲的話來說，就是：「舉鼎臏先絕，支離笑此身。窮途竟何世，餘事且詩人。」〔註 28〕但是也應當看到，屈原仍然在其瑰奇浪漫的詩篇中表現出對國家興亡、政治命運和現世人生的執著眷戀。司馬遷「發憤著書」寫成了被魯迅譽爲「史家之絕唱，無韻之《離騷》」的《史記》，也是要爲時人及後世留下一部個人的心史和關於國家興亡的千秋借鑑。王充的「爲世用者，百篇無害；不爲用者，一章無補」〔註 29〕的「疾虛妄」精神，

〔註 22〕《禮記正義・大學》，《十三經注疏》，北京：中華書局 1980 年版，第 1673 頁。
〔註 23〕李延壽《南史・孔休源傳》，北京：中華書局 1975 年版，第 1473 頁。
〔註 24〕范仲淹《岳陽樓記》，劉盼遂、郭預衡主編《中國歷代散文選》下冊，北京：北京出版社 1980 年版，第 186 頁。
〔註 25〕孔子著，劉寶楠正義《論語正義》，《諸子集成》，上海：上海書店 1986 年影印本，第 374 頁。
〔註 26〕孔子著，劉寶楠正義《論語正義》，《諸子集成》，上海：上海書店 1986 年影印本，第 21 頁。
〔註 27〕孔子著，劉寶楠正義《論語正義》，《諸子集成》，上海：上海書店 1986 年影印本，第 243 頁。
〔註 28〕黃遵憲《支離》，《人境廬詩草》卷八，上海：商務印書館中華民國二十年版，第 17 頁。
〔註 29〕王充《自紀》，郭紹虞主編《中國歷代文論選》第一冊，上海：上海古籍出版社 1979 年版，第 127 頁。

漢儒在《詩經》中尋求「微言大義」，甚至把《關雎》這樣的愛情詩篇曲解為詠「后妃之德」的行為，也都透露著某種時代精神和文學價值觀。

這種執著於文學的務實尚用、試圖以文章「修身、齊家、治國、平天下」的傳統一直深刻地影響著後世的中國文學，在很大程度上規定著中國文學的歷史走向。曹丕說：「蓋文章，經國之大業，不朽之盛事」；〔註30〕杜甫說：「文章千古事，得失寸心知」；〔註31〕又說：「致君堯舜上，再使風俗淳」；〔註32〕白居易說：「文章合為時而著，歌詩合為事而作」；〔註33〕還有韓愈的「兼濟天下」、「文以明道」主張：「自古聖人賢士皆非有求於聞用也，閔其時之不平，人之不乂，得其道，不敢獨善其身，而必以兼濟天下也，孜孜矻矻，死而後已。……君子居其位，則思死其官；未得位，則思修其辭以明其道：我將以明道也，非以為直而加人也。」〔註34〕此外，還有宋代王安石、陸游、辛棄疾、文天祥的政治意識、愛國情懷與文學追求；明代的劉基、復社文學家、幾社文學家的文學傾向與創作主張；明末清初的王夫之、顧炎武、黃宗羲等具有啓蒙思想的人士的學術意識和文學創作中，貫穿著非常強烈的經世致用精神。正如梁啓超指出的：「啓蒙派抱通經致用之觀念，故喜言成敗得失經世之務」，〔註35〕「清初之儒，皆講『致用』，所謂『經世之務』是也」，「清初諸師皆治史學，欲以為經世之用」。〔註36〕

還有二十世紀初以來中國文學的強烈政治化、實用化、工具化傾向，如五四運動以後救亡主題的壓倒啓蒙主題，三十年代左翼文學運動和革命文學運動，四十年代解放區文學的強烈政治化與意識形態化趨勢，五六十年代以

〔註30〕曹丕《典論・論文》，郭紹虞主編《中國歷代文論選》第一冊，上海：上海古籍出版社1979年版，第159頁。

〔註31〕杜甫《偶題》，楊倫箋注《杜詩鏡詮》，上海：上海古籍出版社1980年版，第713頁。

〔註32〕杜甫《奉贈韋左丞丈二十二韻》，楊倫箋注《杜詩鏡詮》，上海：上海古籍出版社1980年版，第25頁。

〔註33〕白居易《與元九書》，郭紹虞主編《中國歷代文論選》第二冊，上海：上海古籍出版社1979年版，第98頁。

〔註34〕韓愈《爭臣論》，馬其昶校注《韓昌黎文集校注》，上海：上海古籍出版社1986年版，第112～113頁。

〔註35〕梁啓超《清代學術概論》，朱維錚校注《梁啓超論清學史二種》，上海：復旦大學出版社1985年版，第4頁。

〔註36〕梁啓超《清代學術概論》，朱維錚校注《梁啓超論清學史二種》，上海：復旦大學出版社1985年版，第43頁。

十七年文學爲代表的歌功頌德文學的興盛，直到七八十年代傷痕文學、問題文學、干預生活文學思潮的湧動，直到八九十年代報告文學、紀實小說及其他文學創作形式的大量出現。這一切，都展示著中國知識分子某些重要的人格特徵和政治文化選擇，也都從不同角度證明著中國文學務實尙用、經世救國的傳統品格；儘管有的已經是變形的、畸態的表現，給文學生態和文學發展造成了嚴重的傷害。

另一方面，散文跟詩歌一樣，在文體等級高下尊卑如此分明的中國文學觀念和文體觀念中，長期佔有統治地位或主導地位，被奉爲文壇的正宗與正統。直到二十世紀前期小說等通俗文學形式眞正取而代之之前，數不清的經世文學家或知識分子主要用散文和詩歌形式記載他們的思想，表達他們的意願，抒發內心的情感和時代的憂患。因此也就留下了數不清的經世文章。既然如此，所謂「經世文派」顯然並非中國近代文學史上的獨有現象，而存在於許多時代的文學之中。既然中國近代文學史上的所謂「經世文派」與古往今來的中國文學史上的同類創作現象難以區別，那麼就應當承認中國文學在長期的發展過程中，可以一直存在著一個「經世文派」式的文學流派。假如這樣的話，那麼「經世文派」的提法就完全失去了學術價值和文學史意義。因爲「經世文派」這樣的認識過於寬泛且難以確定、過於空疏而難以實證，從而必然使這種文學流派的劃分及相關的闡述失去任何意義，也就等於說中國文學史上沒有什麼文學流派。

而且，鄭方澤在文章中將「經世文派」進一步擴大爲一個「在思想文化上代代相傳，一脈相承的改革群體」，還非常高調且近乎誇張地認爲：「晚清經世文派的崛起和發展過程，表現出一條封建階級舊文學向中國新文學過渡的軌迹。經世文派爲中國新文學的產生、發展，提供了理論、實踐和審美上的新要求，使我們進一步認識到中國新文學產生的必然性和它對古代文學的繼承性」；「經世文派在晚清的『政治維新』和『文學改革』中都起了主力軍的作用，在近代思想史、政治史和文學史上都佔有重要的地位，因此說它開闢了五四新文化運動發展的源流，也未嘗不可。」從中國近代文學史的基本事實來看，如此膽大虛妄、寬泛無邊、令人難以捉摸的論述闡發，不但沒有加強所謂「經世文派」的學術力量，反而使文章喪失了應有的求眞務實精神和基本的學術尺度，因而也就是毫無價值、不能成立的主觀臆想之辭。不能不說，這種論調已經使「經世文派」距離中國近代文學史的基本事實和近代文學史研究的基本規則愈來愈遠了。

綜合上述理由，筆者認爲鄭方澤提出的中國近代文學史上存在著一個「經世文派」的認識和在此基礎上進行的有關論述，在文獻史實上缺少根據，在理論上無法成立，在邏輯上存在突出矛盾，在文學史研究實踐中也不可能進行有效的劃分操作。因而這種觀點也就無法成立，而且毫無創新價值和學術意義。甚至「經世文派」這一名目在基本的思維邏輯上看也是不能自圓其說的，只能算是一種不講事實根據、也不注意學術規範的主觀想法而已。

從中國近代文學史的研究歷程和近年的研究進展情況來看，目前所需要的決不是類似的充滿盲目性和非學理性的作意好奇、惑人心目之論，而是基於基本文獻史實和可靠文學史理論觀念的具體紮實的確有創新價值和學術建設意義的具體問題的研究。

《清詩紀事》九家詩補正

錢仲聯先生主編的《清詩紀事》，「編纂工作，歷時五載，引用各類書籍一千餘種，前後製作卡片累計七萬餘張，所收作家五千餘人」，〔註 1〕1987 年至 1989 年江蘇古籍出版社出版了全書，這一浩大的學術工程終告結束。是書初版共精裝二十二巨冊、凡一千一百多萬言。2003 年，鳳凰出版社又出版了該書初版本的影印本，精裝四冊，且增加了附錄六種：《有關〈清詩紀事〉研究與評論文獻》、《清詩紀事勘誤》、《〈清詩紀事〉作者人名索引》、《作者人名首字音序檢字表》、《作者人名首字筆畫檢字表》、《作者人名索引》等，使用起來更加方便。因此，說《清詩紀事》這項學術工程業在當今，功在後世，蓋非過譽，其誠足以副之。

但是，筆者在查閱使用《清詩紀事》部分內容的過程中，發現其未克盡善盡美之處若干，頗覺遺憾。現依據手邊極有限資料，特爲之作補正數條，或於其書之完善不無小益。此書規模龐大，卷帙浩繁，編撰者千慮一失，在所難免；筆者聞見寡陋，自不待言；下文所述，或有一得；若有不當，幸該書編者及其他方家教正；其謬誤之處，更望明鑑筆者之善意與至誠，乞勿深責爲幸。

一、林昌彝

《道光朝卷》據林昌彝《射鷹樓詩話》錄其詩句云：「但望蒼天生有眼，終教白鬼死無皮。」按此詩題爲《杞憂》，且非僅存此二句，全詩爲七律，

〔註 1〕蘇州大學中文系明清詩文研究室《前言》，錢仲聯主編《清詩紀事》第一冊《明遺民卷》卷首，南京：江蘇古籍出版社 1987 年版，第 3 頁。

見《林昌彝詩文集》卷六，現據以錄出如下：「海涸山枯事可悲，憂來常抱杞人思。嗜痂到處營蠅蚋，下酒何人啖鯗鯗！（鯗鯗魚，蜜醃之可以下酒。）但使蒼天生有眼，終教白鬼死無皮。彎弓我慕西門豹，射汝河氛救萬蚩。」〔註 2〕

二、丁日昌

《咸豐朝卷》據屈向邦《粵東詩話》錄丁日昌《辛酉除夕柬莫子偲》前半，按此詩存《百蘭山館古今體詩》卷四，現據以將全詩錄出如下：「功名鮎上竿，辛苦未及半。忽如鷁退飛，《亨屯》供笑歎。破甑顧何益，棄爲山水玩。翩然逢故交，歷歷如聚散。造物意良厚，預早蓄窮伴。有如夔憐蚿，快聚昏至旦。〔註 3〕貽欣錦繡段，報愧青玉案。自稱太瘦生，微飲不及亂。枯腸出芒角，妙語清可盥。雙丸逝迅速，難藉魯戈緩。新年積舊歲，重複終一貫。我今況龍鍾（坡詩『龍鍾三十九，勞生已強半。』余今亦三十九，故云），懷古起頹懦。昔賢久糟粕，寸懷尚冰炭。曉景亦可憐，飄泊無常館。貴賤等陳迹，未用相冷暖。明朝有春曦，曝背同一粲。」〔註 4〕

三、敬　安

《列女釋道等卷》錄敬安詩句云：「洞庭波送一僧來。」按此句爲敬安同治十年辛未（1871）尚未學詩時，登岳陽樓所得，兩年後，同治十二年癸酉（1873），他又將此大受友朋激賞、自己亦不無得意之句寫入《遊岳陽樓》一詩中，並特別在該句下加注說明。現據《八指頭陀詩文集》將全詩錄出如下：「危樓百尺臨江渚，多少遊人去不回。今日扁舟誰更上？洞庭波送一僧來（同治辛未得末句，時尚未學詩）。」〔註 5〕

四、汪兆鏞

《光緒宣統朝卷》錄汪兆鏞詠澳門詩均據李鵬翥《澳門古今》，多有不確。汪兆鏞《澳門雜詩》包括《雜詠二十六首》、《澳門寓公詠》八首、《竹

〔註 2〕 林昌彝著，王鎮遠、林虞生標點《林昌彝詩文集》，上海：上海古籍出版社 1989 年版，第 125 頁。

〔註 3〕 筆者按：《清詩紀事》錄此詩至此而止，以下部分爲筆者補出者。

〔註 4〕 丁日昌：《百蘭山館古今體詩》，廣州：廣東省社會科學院 1987 年膠印本，第 22～23 頁。

〔註 5〕 梅季點輯《八指頭陀詩文集》，長沙：嶽麓書社 1984 年版，第 4 頁。

枝詞四十首》。汪兆鏞在作於民國六年（1917）小除夕之日的《澳門雜詩》識語中云：「澳門自乾隆間寶山印氏、宣城張氏撰《澳門紀略》一書之後，又百餘年矣。其中日異月新，今昔不同，而續纂闃如，靡資考鏡。辛亥之變，避地於此，暇日登眺，慨然興懷，拉雜得詩數十首，徵引故實，分註於下，仿宋方孚若《南海百詠》例也。行篋無書，恐多疏舛；大雅宏達，幸匡正之。丁巳小除夕，慵叟識。」〔註6〕於瞭解《澳門雜詩》頗有價值，故全文引錄於此。

該書錄《詠娛園》云：「竹石清幽曲徑通，名園不數小玲瓏。荷花風露梅花雪，淺醉時來一倚笻。」此詩爲《澳門雜詩・竹枝詞四十首》之二十三，詩下有註云：「盧氏娛園，擅竹石之勝，有梅花五百樹，香雪彌望，池荷亦極盛。余爲撰亭聯云：人間何世，海上此亭。又於竹石佳處題聯云：竹屋詞境，石林文心。」〔註7〕另作者在《竹枝詞四十首》中說：「余爲《澳門雜詩》，於此間風土粗誌其略，尚有委巷瑣聞足資譚柄者，復得詩若干首。旅窗無俚，弄筆自遣而已。」〔註8〕

又所錄《風信堂前伏麗姝》一首云：「獻歲遊人每塞途，燭銀草錦拜耶蘇。最佳風信堂前過，伏地喃喃有麗姝。」是爲《澳門雜詩・竹枝詞四十首》之二十六，詩下有註云：「正月初旬，奉耶酥像出遊，至風信堂外稍憩，設壇供之。洋女盛妝迎拜諷經，吳墨井所謂『四街鋪草青如錦，捧蠟高燒迎聖來』也。」〔註9〕

又所錄《詠約翰鮑連那主教葬禮》云：「威容最是法王尊，衢路人知駕駟轅。一旦遷神歌《薤露》，黑紗縞素集諸蕃。」是爲《澳門雜詩・竹枝詞四十首》之十六，其詩註與後者相較，有兩處異文：「諸僧環立念經」後本作「諸僧環立念咒」；「寺樓擊大鐘，聲不絕耳」，後本無「耳」字〔註10〕。

又所錄《詠青洲》一詩云：「青洲舊隔水，倏忽海岸連。松杉綠如霧，蕩漾晴霞妍。蕃寺有興廢，可考天啓前。新制士敏土，機廠崇且堅。只惜佳蟹絕，持螯空流涎。」是爲《澳門雜詩・雜詠二十六首》之十，詩後說明曰「青洲」。「蕃寺有興廢」句，後本作「蕃寺有興毀」；「持螯空流涎」，後本作「持

〔註6〕汪兆鏞《澳門雜詩》卷首，民國七年冬排印本，第1頁。
〔註7〕汪兆鏞《澳門雜詩》，民國七年冬排印本，第13頁。
〔註8〕汪兆鏞《竹枝詞四十首》卷首，《澳門雜詩》，民國七年冬排印本，第10頁。
〔註9〕汪兆鏞《澳門雜詩》，民國七年冬排印本，第13頁。
〔註10〕汪兆鏞《澳門雜詩》，民國七年冬排印本，第12頁。

螯空流涎」〔註 11〕。據詩意，此句當以後者爲佳，前者顯誤。書中錄自註云：「按青洲山下，海水淤淺，今已連亙陸地，直達蓮峰寺前。山下舊產黃油蟹，極肥美。近年設士敏土廠，擲灰海中。佳種頓絕。」按：此註不完整，前尙有如下一段：「《明史》：『萬曆三十四年，佛郎機於澳之隔水青洲山建寺，高六七丈，閎敞可秘，非中國所有。』《澳略》：『今西洋蕃僧復構樓榭，雜植丹果，爲澳彝遊眺地。』」〔註 12〕

又所錄《詠新荷蘭園》云：「新闢荷蘭園，範銅像嶙峋。其下沙草平，眾綠生遠春。龍首引靈液，涓涓清以醇。汲引萬松底，燥勿滋芳津。」此首爲《澳門雜詩・雜詠二十六首》之十三，詩至此尙未完，下尙有二句:「此地即桃源，嗟哉思避秦。」〔註 13〕

又所錄《詠東望洋山西望洋山》句云：「東西兩望洋，嶠然聳雙秀。地勢繚而曲，因山啓戶牖。南北成二灣，波平鏡光逗。登高一舒嘯，空翠撲襟袖。尤喜照海燈，轉射夜如晝。」此詩爲《澳門雜詩・雜詠二十六首》之五，此即該詩全部，而非斷句，詩後有說明曰「東望洋山西望洋山」，該詩下有註云：「《澳略》:『澳山形繚而曲，東西五六里，南北半之，二灣規圓如鏡。』按：澳東大海浩淼，不能泊船；澳西多礁石，亦不能停泊。自廣州來，將抵境，先經東望洋山，西行繞至西望洋山下，折入內港，所謂北灣，方能下碇。東山頂有燈塔，陳沂雲同治四年建。」〔註 14〕

又所錄《詠風信廟》句云：「蕃婦祈風信，亦如祀浮屠。鯨鐘響鞺鞳，流聲播海隅。神道以設教，華夷寧或殊。」此詩爲《澳門雜詩・雜詠二十六首》之二十三，上尙有四句：「大廟最始建，歲首迎耶蘇。前導十字架，僧徒持咒珠。」詩註云：「《縣志》:『大廟在澳東南，彝人始至澳所建也。西南有風信廟，蕃舶既出，蕃婦祈風信於此。』《澳略》:『澳彝歲奉天主出遊，十字架謂之聖架。』」另外，據此本，前引末句「夷」作「彝」；詩後有說明曰「大廟、風信堂」〔註 15〕。

又所錄《詠塔石球場》句云：「昔有戲馬臺，後世乃無聞。此地開廣場，草色春氤氳。蹴踘亦古法，體育舒勞筋。樹的相督校，汗走猶欣欣。兵固不

〔註 11〕汪兆鏞《澳門雜詩》，民國七年戊午冬排印本，第 5 頁。
〔註 12〕汪兆鏞《澳門雜詩》，民國七年戊午冬排印本，第 5 頁。
〔註 13〕汪兆鏞《澳門雜詩》，民國七年戊午冬排印本，第 5 頁。
〔註 14〕汪兆鏞《澳門雜詩》，民國七年戊午冬排印本，第 3～4 頁。
〔註 15〕汪兆鏞《澳門雜詩》，民國七年戊午冬排印本，第 7～8 頁。

可逸，習勤豈具文。」此首爲《澳門雜詩・雜詠二十六首》之二十一全詩，非斷句。詩後說明云「抛球場」；詩註曰：「荷蘭園下兵房有抛球場，亦時於此賽馬。」〔註16〕

又所錄《詠議事亭》句云：「提調郡縣丞，前代有故衙。讓畔敦古處，荒圮奔麏麚。尙餘議事亭，崇敞飛簷牙。從來鄉校法，亦不廢邊遐。」下尙有二句爲：「權衡孰持平，愧矣吾中華。」〔註17〕此詩爲《澳門雜詩・雜詠二十六首》之十六，後有說明「議事亭」；詩註曰：「《縣志》：『明故有提調備倭行署三。』今惟議事亭不廢。又原設有稅館及澳門同知縣丞各署，今遺址已漫滅矣。」〔註18〕

五、李　詳

《光緒宣統朝卷》據徐一士《一士談薈》錄李詳《爲蒯禮卿觀察和孝達尙書金陵雜詩》十六之一：「詩吟佳麗謝玄暉，臨水登山更送歸。收拾六朝金粉氣，庾公清興在南畿。」按據《李審言文集》之《學制齋詩鈔》卷一，此一組詩共十一首，而非十六首，上引這首爲其最末一首；且有一處異文，即第三句後一種版本作「收拾天朝金粉氣」。〔註19〕

又同據《一士談薈》錄《爲蒯禮卿觀察和孝達尙書金陵雜詩》之斷句云：「可憐跋扈桓宣武，強迫輿公賦《遂初》。」按據《李審言文集》之《學制齋詩鈔》卷一，此二句爲《爲蒯禮卿觀察和孝達尙書金陵雜詩》十一首第五首之後半，第四句並有一處異文，現據以錄出全詩如下：「安國陽秋直筆書，枋頭一敗意何如！可憐跋扈桓宣武，強迫輿公賦遂初。」〔註20〕

六、唐才常

《光緒宣統朝卷》據梁啓超《飲冰室詩話》錄唐才常《俠客篇》句：「不爲鄉愿死，誓斬仇人頭。」按據《唐才常集》，唐才常該詩中並無如上二句，當係梁啓超記憶之誤。現據該集錄出全詩如下：「丈夫重意氣，孤劍何雄哉！良宵一燈青，啼匣風雨哀。不斬仇人頭，不飲降王杯，仰視天沉陰，攬衣起

〔註16〕汪兆鏞《澳門雜詩》，民國七年戊午冬排印本，第7頁。
〔註17〕汪兆鏞《澳門雜詩》，民國七年戊午冬排印本，第6頁。
〔註18〕汪兆鏞《澳門雜詩》，民國七年戊午冬排印本，第6頁。
〔註19〕李稚甫編校《李審言文集》，南京：江蘇古籍出版社1989年版，第1197頁。
〔註20〕李稚甫編校《李審言文集》，南京：江蘇古籍出版社1989年版，第1196頁。

徘徊，民賊與鄉愿，頸血污人來。我聞日本俠，義憤干風雷，幕府權已傾，群藩力亦摧，翻然振新學，金石爲之開。觥觥三傑士，市骨黃金臺。回首惘支那，消歇無良材。庸中或錚佼，狺狺紛疑猜。我輩尊靈魂，四大塵與灰。生死何足道？殉道思由、回。嶽嶽三君子，蘊德妒瓊瑰。浩然決歸志，棄我溝中埃。前席以置詞，恨血斑雲罍。歡會不可常，轉眄黃髮衰。湖山那歌舞，霧霾何昏埋！吁嗟二三子，奴券驚相催，要當捨身命，從生其永懷！」此詩作於光緒二十四年（1898 年）。〔註 21〕

又所錄唐才常詩句云：「剩好頭顱酬死友，無眞面目見群魔。」按此二句見於《唐才常集》，爲《感事》二首之第一首，惟「酬」字作「慚」。現據該集將全詩錄出：「滄海橫流萬頃波，中原無地泣銅駝。秦庭虛下孤臣淚，燕市難聞壯士歌。剩好頭顱慚死友，無眞面目見群魔。紈干凍雀生飛苦，況是瀛臺秋水多！」〔註 22〕

又所錄二首《贈友》，前一首：「沉沉苦海二千載，疊疊疑峰一萬重。舊衲何因困蟣虱，中原無地走蛇龍。東山寥落人間世，南海慈悲夜半鐘。用九冥心湘粵會，行看鐵軌踏長空。」據《唐才常集》，此詩題爲《贈歐伊庵》，且末句作「行看鐵軌踏芙蓉」。其後一首：「咄咄天心不可常，茫茫塵世幾滄桑。燈花劍蕊深深綠，海國自多南面王。」同據《唐才常集》，此詩題爲《己亥冬於香港送梁任公去加拿大》。〔註 23〕

七、黃　節

《光緒宣統朝卷》錄黃節《歲暮吟》句云：「棲遲以迄辛亥秋，作始攘胡至是畢。」按：此詩載《蒹葭樓詩》卷一，又載《小說月報》第八卷第八號（1917 年 8 月 25 日），今據《黃節詩集》錄出全詩如下：「閉門十年壯乃出，一別雲林老僧室。三年訂史江上樓，五稔南歸談學術。棲遲以迄辛亥秋，作始攘胡至是畢。風雲廿載一過眼，世變如宮志則律。甘陵部黨同時興，坐視賓瑨若滂晊。舉國寒心賈生奮（引者按：《小說月報》本下註『偉節』），西行解禍（引者按：《小說月報》本上二字作『解禍』）虞不疾。爾來遂客宣武南，由癸數今已逾乙。傷心賁育豈無勇？逆睹莽誅不終日！時流百變害亦隨，我

〔註 21〕湖南省社會科學院編《唐才常集》卷三，北京：中華書局 1982 年版，第 262 頁。
〔註 22〕湖南省社會科學院編《唐才常集》卷三，北京：中華書局 1982 年版，第 262～263 頁。
〔註 23〕湖南省社會科學院編《唐才常集》卷三，北京：中華書局 1982 年版，第 264 頁。

輩遂爲（引者按：《小說月報》本上二字作『直爲』）天下失，吾焉能從屠沽兒，亦似正平氣橫溢！憂來聽歌暮復朝，勝與俗子相比昵。秋娘妙曲響遏雲，歛氣入弦淚如櫛。嗟余兩耳何所聞，視若爲娛若爲恤？強年藉此足自聊，漸解不調到琴瑟。奈何三日遽輟歌，使我無詣歲云卒。」

八、胡先驌

《光緒宣統朝卷》錄胡先驌《日本旅程》詩五首：「浪花如雪沒荒奇，沙鳥風帆靜四圍。古剎松風縈舊夢，七年景物認依稀。（長崎）」「尋仙採藥總茫然，聚族三山亦自仙。終古一丘徐福墓，等閒魏晉幾桑田。（望徐福墓）」「憶曾夜雪走征車，行旅匆匆又海涯。安得餘生老閒暇，琵琶湖上學浮家。（過西京）」「盡夕車聲破夢酣，斷碕野艇指荒灣。曉窗淡日曈曨裏，嵐翠侵眉富士山。（車中破曉望富士山）」「葛衫木屐試新裝，小立橋頭趁晚涼。自顧萍蹤應失笑，東京郊外看斜陽。（小立）」並於後加按語說：「鄭逸梅《南社叢談》載此，未著寫作年，錄之以見作者海外行蹤。」按據《胡先驌先生詩集》，上述各詩分別爲《旅程雜詩三十二首》中的第三、四、六、八、十一首；此一組詩作於 1923 年。〔註 24〕《胡先驌先生詩集》係根據胡先驌委託錢鍾書手訂的《懺庵詩稿》，並增以其他資料編印而成，爲時隔多年之後胡先驌詩作之再次出版，具有重要的文獻價值和特殊的紀念意義。上引胡先驌詩五首，又見《胡先驌文存》上冊，同樣作爲《旅程雜詩三十二首》之五首〔註 25〕。此詩又見於《胡先驌詩文集》，題目同樣爲《旅程雜詩三十二首》，文字亦相同，可進一步證明上述情況之準確無誤，亦可補充《清詩紀事》之不準確之處。〔註 26〕

九、汪兆銘

《光緒宣統朝卷》所錄汪兆銘詩，乃是依據陳衍《石遺室詩話續編》。考之民信公司出版的《雙照樓詩詞稿‧小休集》、壬午（民國三十一年，1942 年）三月澤存書庫刊本《雙照樓詩詞稿》和中華日報社民國三十四年五月（1945 年 5 月）刊本《雙照樓詩詞稿》，可知該書所錄，有數處不確。茲據最後一種

〔註 24〕胡先驌《胡先驌先生詩集》，臺北：國立中正大學校友會 1992 年編印出版，第 54～55 頁。

〔註 25〕張大爲、胡德熙、胡德焜編《胡先驌文存》上冊，南昌：江西高校出版社 1995 年版，第 548 頁。

〔註 26〕胡先驌著，熊盛元、胡啓鵬編校《胡先驌詩文集》，合肥：黃山書社 2013 年版，第 53～54 頁。

版本爲之訂補如下。

所錄《秋夜》詩云：「落葉空庭夜籟微，故人夢裏兩依依。風蕭易水今猶昨，魂度楓林是也非。人地相逢雖不愧，擘山無路欲何歸？記從共灑新亭淚，忍使啼痕又滿衣。」後有「自註」曰：「此詩由獄卒輾轉傳遞至冰如手中，冰如持歸與展堂讀之。」按：此註不完整，全註爲：「此詩由獄卒輾轉傳遞至冰如手中，冰如持歸與展堂讀之。伯先每讀一過，輒激昂不已。然伯先今已死矣。附記於此，以誌腹痛。」〔註 27〕

又所錄《中夜不寢偶成》詩云：「飄然御風遊名山，吐噏嵐翠陵孱顏。又隨明月墮東海，吹嘘綠水生波瀾。海山蒼蒼自千古，我於其間歌且舞。醒來倚枕尚茫然，不識此身在何處。三更秋蟲聲在壁，泣露欷風自秋唧。群鼾相和如吹竽，斷魂欲啼淒復咽。舊遊如夢亦迢迢，半炧寒燈影自搖。西風羸馬燕臺暗，細雨危檣瘴海遙。」並引《石遺室詩話續編》：「（精衛）《中夜不寢偶成》云云。自來獄中之作，不過如駱丞坡公用南冠牛衣等事。若此篇一起破空而來，篇終接混茫，自在遊行，直不知身在囹圄者，得未曾有。」陳衍此語見《石遺室詩話續編》卷二〔註 28〕，《清詩紀事·光緒宣統朝卷》轉引之，詩題之第四字二處均作「寢」。據《雙照樓詩詞稿》，「寢」當爲「寐」字之誤，詩題當作《中夜不寐偶成》〔註 29〕。《石遺室詩話續編》與《清詩紀事·光緒宣統朝卷》二書同誤。

又所錄《詠楊椒山先生手所植榆樹》詩云：「樹猶如此況生平，動我蒼茫思古情。千里不堪聞路哭，一鳴豈爲令人驚。疏陰落落無蟠節，枯葉蕭蕭有恨聲。寥寂階前坐相對，南枝留得夕陽明。」後錄有作者「自記」曰：「椒山就義之歲，手所植榆樹適活。數百年來，無敢毀之者。余所居獄室，門前正對此樹，朝夕相接。」此「自記」不完整，全文當爲：「附記：椒山先生以劾嚴嵩下獄。就義之歲，手所植榆樹適活。數百年來，無敢毀之者。相傳有神怪。殆有心人藉此以存甘棠之愛也。余所居獄室，門前正對此樹，朝夕相接。民國六年，重遊北京，獄舍已剗爲平地，惟此樹巋然獨存。」〔註 30〕

〔註 27〕汪兆銘《雙照樓詩詞稿·小休集》卷上，中華日報社民國三十四年刊本，第 3 頁。

〔註 28〕見張寅彭主編《民國詩話叢編》第一冊，上海：上海書店出版社 2002 年版，第 519 頁。

〔註 29〕汪兆銘《雙照樓詩詞稿·小休集》卷上，中華日報社民國三十四年刊本，第 2 頁。

〔註 30〕汪兆銘《雙照樓詩詞稿·小休集》卷上，中華日報社民國三十四年刊本，第 2 頁。

又所錄《除夕》句云：「今夕復何夕。圜扉萬籟沈。」此題下有詩二首，上引二句爲第一首的首聯，全詩作：「今夕復何夕，圜扉萬籟沈。孤懷戀殘臘，幽思發微吟。積雪均夷險，危松定古今。春陽明日至，不改歲寒心。」茲將其第二首也錄出如下：「悠悠一年事，歷歷上心頭。成敗亦何恨，人天無限憂。河山餘磊塊，風雨滌牢愁。自有千秋意，韶華付水流。」〔註31〕

又所錄《偶聞獄卒道一二》句云：「淒絕昨宵燈影裏，故人顏色漸模糊。」此詩題不確，當爲《辛亥三月二十九日廣州之役，余在北京獄中，偶聞獄卒道一二，未能詳也，詩以寄感》。此題下有詩二首，上引二句爲第二首之尾聯，全詩作：「珠江難覓一雙魚，永夜愁人慘不舒。南浦離懷雖易遣，楓林噩夢漫全虛。鵑魂若化知何處，馬革能酬愧不如。淒絕昨宵燈影裏，故人顏色漸模糊。」茲將其第一首也錄出如下：「欲將詩思亂閒愁，卻惹茫茫感不收。九死形骸慚放浪，十年師友負綢繆。殘燈難續寒更夢，歸雁空隨欲斷眸。最是月明鄰笛起，伶俜吟影淡於秋。」〔註32〕

另該書引陳衍《石遺室詩話續編》：「（精衛）《除夕》句云：『今夕復何夕，圜扉萬籟沉。』廣州之役，在北京獄中，《偶聞獄卒道一二》云：『淒絕昨宵燈影裏，故人顏色漸模糊。』以上諸詩錄之，以爲圜扉生色。」按：此段文字標點有誤，以致語意不清。當作：「（精衛）《除夕》句云：『今夕復何夕，圜扉萬籟沉。』《廣州之役，在北京獄中，偶聞獄卒道一二》云：『淒絕昨宵燈影裏，故人顏色漸模糊。』以上諸詩錄之，以爲圜扉生色。」《廣州之役，在北京獄中，偶聞獄卒道一二》，當爲上引《辛亥三月二十九日，廣州之役，余在北京獄中，偶聞獄卒道一二，未能詳也，詩以寄感》詩之略稱，詩見《雙照樓詩詞稿·小休集》卷上。

又該書「汪兆銘」條下有作者介紹，錄陳衍《石遺室詩話續編》，中言及汪兆銘《秋庭晨課圖》，並引汪氏爲此圖所作自記與題詩。詩云：「一卷殘編在短磬，思親懷友淚同傾。百年鼎鼎行將半，孤影蕭蕭只自驚。人事蹉跎成後死，夢魂勞苦若平生。風濤終夜喧豗甚，鎮把心光對月明。」按：據《雙照樓詩詞稿·掃葉集》，此詩題爲《先太夫人秋庭晨課圖，亡友廖仲愷曾爲題詞，秋夜展誦，泫然賦此》。首句末「磬」字爲「檠」字之誤，從本詩之用韻亦能判斷此字之誤。因此全句當作「一卷殘編在短檠」。〔註33〕

〔註31〕汪兆銘《雙照樓詩詞稿·小休集》卷上，中華日報社民國三十四年刊本，第4頁。
〔註32〕汪兆銘《雙照樓詩詞稿·小休集》卷上，中華日報社民國三十四年刊本，第5頁。
〔註33〕汪兆銘《雙照樓詩詞稿·掃葉集》，中華日報社民國三十四年刊本，第48頁。

《新編增補清末民初小說目錄》匡補

樽本照雄教授編《新編增補清末民初小說目錄》，齊魯書社 2002 年 4 月初版，2003 年 3 月重印，是在清末小說研究會編《清末民初小說目錄》（日本：中國文藝研究會，1988 年 3 月）和樽本照雄編《新編清末民初小說目錄》（日本：清末小說研究會，1997 年 10 月）之基礎上，增補大量材料而成。樽本照雄先生秉承和發揚日本學者一向紮實謹嚴、精微細密的治學風格，除盡量發掘呈現原始文獻、利用第一手材料外，還非常重視中國學者及其他學者的相關研究成果，及時在書中反映、運用並注明詳細出處，表現了突出的文獻積累意識和前沿問題意識。因此，此書爲目前最爲齊全詳備之清末民初時期的小說目錄，眞切全面地反映了此期中國小說創作與發表的情況，在近代小說文獻領域處於領先水平，具有重要的學術價值。而且，此書中國版的首次面世，從根本上改變了許多中國研究者只聞其名、難得一見、欲用難求的情況，使得它更經常地被引用、評價，其學術價值得到了更充分的發揮，發生了更廣泛的學術影響。這不啻爲近代小說、近代文學研究界的佳音。

恰亦因爲如此，對此書文獻收錄等方面存在不足甚至誤漏的考量與認識也就顯得更加重要，此蓋亦推進近代小說及小說文獻研究不可或缺之一環節。最明顯者爲，儘管清末民初時期的「小說」概念較如今要寬泛許多，彼時的「小說」可包括今天一般所說小說、戲劇和說唱文學等俗文學形式在內，但是，按照此書的體例，其著錄的範圍應當是現代意義上的「小說」，即應將並不屬「小說」的戲劇與說唱文學排除在外。然而，書中卻著錄了許多並不屬「小說」的作品，如傳奇雜劇、新劇、彈詞、班本、話劇、翻譯劇本等。另外，還誤收了若干雖發表於清末民初時期的報刊，實際上是清末以前（如清中葉）作家的創作，並非清末民初時期的作品。凡此均爲此書當繼續加以調整完善、修訂匡正之處。

茲據筆者之所見知，依原編排次序與號碼，將《新編增補清末民初小說目錄》中所誤收的並非「小說」之作品列出，並對這些作品的種類歸屬、版本流傳及作者情況做一簡要考訂說明，以供修訂此書之參考，亦希望爲利用此書的研究者提供一些新的史實材料和研究信息，以利於相關研究的進展。

1. a0055　哀川民　貢璧（貢少芹）　《南社小說集》，上海：文明書局，1917，4。

按此作爲傳奇劇本，而非小說。作者貢少芹（1879～1939），名璧，字少芹，以字行，別號天懺生，亦署天懺，晚號天懺老人。江蘇江都人。南社社員，鴛鴦蝴蝶派作家，與張丹斧、李涵秋有「揚州三傑」之稱。有《哀川民傳奇》、《亡國恨傳奇》、《蘇臺柳傳奇》、《刀環夢傳奇》、《復辟夢傳奇》等。

2. a0082　哀梨記彈詞　（程）瞻廬　商務《婦女雜誌》第 4 卷第 7～12 號，1918，7，5～12，5。

按此作爲彈詞，而非小說。作者程文棪，字瞻廬，以字行，近代著名文學家。江蘇吳縣人。有長篇小說、短篇小說、彈詞多種。

3. a0124　愛國魂傳奇　川南筱波山人　《廣益叢報》第 3 年第 13～20 期（第 77～84 號），光緒 31，6，20～8，30（1905，7，22～9，28）。

按此作爲傳奇劇本，而非小說。作者署「川南筱波山人」，當係四川南部地區人，眞實姓名未詳，待考。

4. a0131　愛國女兒傳奇　東學界之一軍國民　《新民叢報》第 14 號，光緒 28，7，15（1902，8，18）。

按此作爲傳奇劇本，而非小說。作者署「東學界之一軍國民」，當係在日本留學之一青年人，眞實姓名未詳，待考。

5. a0205　愛之花（法蘭西情劇）　泣紅譯　《小說月報》第 2 年第 9～12 期，宣統 3，9～辛亥 12，25（1911，11，15～1912，2，12）。

按此作爲翻譯劇本，而非小說。原作者及劇名未詳，待考。譯者「泣紅」眞實姓名未詳，待考。

6. b0198　白玉樓鼓詞　《上海新報》1918，10，5 以降？按此作標明爲鼓詞，而非小說。作者未詳，待考。

7. c0002　財虜悔新劇　劉葽青編　《小說海》第3卷第6～8號，1917，6，5～8，5。按此作爲新劇劇本，並非小說。

8. c0041　殘疾結婚（悲劇）　嘯天生譯　《小說月報》第2年第5～8期，宣統3，5，25～8，25（1911，6，2～10，16）。

按此作爲翻譯劇本，而非小說。原作者及劇名未詳，待考。譯者「嘯天生」眞實姓名未詳，疑爲許嘯天（1886～1946），待考。

9. c0213　朝鮮李範晉殉國傳奇　陸恩煦　《廣益叢報》第9年第14期（270號），宣統3，6，10（1911，7，5）。

按此作爲傳奇劇本，而非小說。作者陸恩煦，生平事迹未詳。除此劇外，此人尚作有《血手印》傳奇等。

10. d0419　蝶歸樓傳奇（傳奇小說）　上海：中華書局，小說彙刊91。

11. d0420　蝶歸樓傳奇（傳奇小說）　古樵道人、今樵道人著，天虛我生（陳蝶仙）等參訂，上海：中華書局，1917，1，小說彙刊。

按《蝶歸樓傳奇》爲清代嘉慶、道光年間浙江台州戲曲家黃治所作。黃治號今樵道人，其兄黃濬號古樵道人。嚴格而言，此劇不屬清末作品。參訂者爲清末民國時期傑出文學家、實業家陳栩（1879～1940），原名壽嵩，字昆叔，後改名栩，字栩園，號蝶仙，別署天虛我生、太常仙蝶、惜紅生、國貨之隱者等。浙江錢塘（今杭州）人。

12. d0641　斷臂（著名喜劇）　延陵　《小說月報》第9卷第6號，1918，6，25。

按此作爲新劇劇本，而非小說。作者「延陵」眞實姓名未詳，待考。

13. f0317　風洞山傳奇　江東逋飛填詞，汾陽飛俠薇伯評點　《中國白話報》第4～6期，癸卯12，15～甲辰新正月15（1904，1，31～3，1）。

14. f0318　風洞山傳奇　江東逋飛癯龕　《廣益叢報》甲辰第2期（第34號），光緒30，3，10（1904，4，25）。

15. f0319　風洞山傳奇　長洲呆道人（吳梅）　上海：小說林總發行所，丙午年4（1906）。

16. f0320 風洞山傳奇 呆道人（吳梅） 上海：小說林社，1906，4 初版，1936 五版（叢書）。

按以上四種實係同一作品，爲傳奇劇本，而非小說。作者吳梅（1884～1939），字瞿安，亦作癯安、癯盦，一字靈鳷，號霜厓，別署吳呆、江東浦飛、長洲呆道人、東籬詞客，室名奢摩他室、百嘉室。江蘇長洲（今蘇州）人。歷任南北多所大學教授，主講古樂詞曲，成才頗眾。南社社員。近代曲學大師。著作編爲《吳梅全集》四卷八冊，王衛民編校，石家莊：河北教育出版社，2002 年 7 月。評點者「汾陽飛俠薇伯」眞實姓名未詳，待考。

17. f0397 風雲會（歷史傳奇） 玉泉樵子（許善長） 《月月小說》第 1 年第 10 號～第 2 年第 12 期（第 24 號），光緒 33，10〔15〕～戊申 12（1907〔11，20〕～1909，1）。

18. f0398 風雲會傳奇（歷史傳奇） （玉泉樵子） 上海：群學社，說部叢書。

按以上二種爲同一作品，係傳奇劇本。除以上二種版本外，尙有舊鈔本，又有《碧聲吟館叢書》本，1877 年刊。《月月小說》本文字與《碧聲吟館叢書》本略有異同。作者許善長（1823～1889 以後），字季仁，一字元甫，號玉泉樵子，別署西湖長、香消酒醒人再傳弟子，室名碧聲吟館。浙江仁和（今杭州）人。著有傳奇《胭脂獄》、《茯苓仙》、《神山引》、《風雲會》、《瘞雲岩》，合稱《碧聲吟館五種》，又有雜劇《靈媧石》，實爲十二種單折雜劇之合稱。另著有筆記《碧聲吟館談麈》、《端岩集》、《倡酬錄》等。著作合輯爲《碧聲吟館叢書》刊行。

19. f0546 復辟夢傳奇 貢少芹 《漢口小說日報》1917，10，18 以降？

按此作筆者未見，當係傳奇劇本，而非小說。作者貢少芹，近代著名文學家，詳見上文《哀川民》條之介紹。

20. g0086 戈雄特曼大（短劇） （法）顧岱林著，病夫（曾孟樸）譯 《眞美善》第 1 卷第 4 號，1927，12，16。

按此作爲翻譯劇本，而非小說。譯者曾樸，字孟樸，筆名東亞病夫。江蘇常熟人。近代著名文學家。

21. g0097 革命軍傳奇 浴血生 《江蘇》第 6 期，黃帝紀元 4394，8，1（1903，9，21。

按此作爲傳奇劇本，而非小說。作者「浴血生」眞實姓名未詳，待考。

22. g0120　庚子國變彈詞　南亭亭長（李伯元）　《世界繁華報》光緒27，10（1901）～光緒28，10（1902）？

23. g0121　庚子國變彈詞（40回，6冊）　南亭亭長（李伯元）　世界繁華報館，光緒28，10（1902），光緒29，6（1903）再版。

24. g0122　庚子國變彈詞　南亭亭長（李伯元）　上海：良友圖書公司，1935，8，1。

25. g0123　庚子國變彈詞　南亭亭長（李伯元）　阿英編《庚子事變文學集》，中國近代反侵略文學集，北京：中華書局，1959，5。

26. g0124　庚子國變彈詞（摘錄卷1，3回）　（南亭亭長（李伯元））　山東省歷史學會編《山東近代史資料》第3分冊，濟南：山東人民出版社，1961，12；日本：大安影印，1968，6。

27. g0125　庚子國變彈詞（40回）　南亭亭長（李伯元）　臺灣：廣雅出版有限公司，1984，3　晚清小說大系。

28. g0126　庚子國變彈詞（40回）　李伯元　董文成、李勤學主編《中國近代珍本小說》3，瀋陽：春風文藝出版社，1997，10。

29. g0127　庚子國變彈詞（40回）　李伯元　薛正興主編《李伯元全集》3，南京：江蘇古籍出版社，1997，12。

按以上八種實爲同一作品，係彈詞，而非小說。作者李寶嘉，字伯元，號南亭亭長。江蘇武進人。近代著名小說家。

30. g0216　姑惡鑑彈詞　西神　商務《婦女雜誌》第3卷第11號，1917，11，5。

按此作爲彈詞，而非小說。作者王蘊章（1884～1942），字蓴農，號西神殘客，簡稱西神，又署西神王十三、梁溪蓴農。江蘇無錫人。近代著名文學家。

31. g0351　故鄉（悲劇）　卓呆　《小說月報》第1年第4～6期，宣統2，11，25～12，25（1910，12，26～1911，1，25）。

按此作爲新劇劇本，而非小說。作者徐傅霖（1881～1958），字卓呆，號半梅，以字行。江蘇吳縣人。有小說、戲劇、電影劇本多種。

32. g0356　故鄉愁（新派劇本）　（德）希曼士地曼著、瘦蝶譯、葭外譯　《民口雜誌》第2卷第9～11號，？～1916，4，10。

按此作爲翻譯劇本，而非小說。譯者許泰（1881～？），字仲瑚、頌瑚，別署瘦蝶。江蘇太倉人。抗日戰爭勝利後仍在世。卒年未詳。擅詩詞，亦能小說、小品文。著有《蝶衣金粉》、《許瘦蝶全集》等。另一譯者「葭外」，眞實姓名未詳，待考。

33. g0575　廣告（喜劇）　砧聲　《中華小說界》第 3 年第 6 期，1916，6，1。

按此作爲新劇劇本，而非小說。作者「砧聲」眞實姓名未詳，待考。

34. h0005　蝦蟆王（新劇）　祐民　《餘興》第 8 期，1915，5。

按此作爲新劇劇本，而非小說。作者「祐民」眞實姓名未詳，待考。

35. h0148　海天嘯傳奇（一名大和魂）　劉鈺　上海：小說林社，1905，12 小說林（叢書）。

按此作爲傳奇劇本，而非小說。作者劉鈺，字步洲。江蘇江陰人。生卒年代及生平事迹未詳。據《海天嘯傳奇》卷首作者《例言》，此劇原名《日東新曲》，由署名「熱血動物」者採入《揚子江白報》時，改名《大和魂》，光緒三十二年丙午七月（1906 年 8～9 月）小說林社再版時，又易名曰《海天嘯》，凡八齣。

36. h0205　邯鄲夢傳奇　鐵郎　《覺民》第 9～11 期合本，甲辰 7（1907，8）。

37. h0206　邯鄲夢傳奇　鐵郎　《〈覺民〉月刊整理重排本》，北京：社會科學文獻出版社，1996，5。

按以上二種爲同一作品，係傳奇劇本，而非小說。作者「鐵郎」，眞實姓名未詳，待考。

38. h0430　黑籍冤魂（世界新劇）　夏月珊、珮　《圖畫日報》第 87～123 號，（1909，11，10～12，16）。

按此作爲新劇劇本，而非小說。作者夏月珊（1868～1924），原名昌樹，字石橋。安徽懷寧人。近代著名戲劇家，尤長於京劇。另一作者「珮」，眞實姓名及生平事迹未詳，待考。

39. h1096　花木蘭傳奇　陳蝶仙　《消閒報》光緒 23，11，1（1897，11，24）以降？

40. h1097　花木蘭傳奇　天虛我生（陳蝶仙）　《著作林》第 14～16 期，

1907？1908？

41.　h1098　花木蘭傳奇　天虛我生（陳蝶仙）《新神州雜誌》第 1 期，1913，5，15。

按以上三種爲同一作品，係傳奇劇本，而非小說。除上述三種版本外，此劇尚有《申報》所刊本，載《申報》1914 年 8 月 30 日、31 日，9 月 1 日至 30 日，10 月 1 日至 23 日。作者陳栩（1879～1940），原名壽嵩，字昆叔，後改名栩，字栩園，號蝶仙，別署天虛我生、太常仙蝶、惜紅生、櫻川三郎、國貨之隱者。浙江錢塘（今杭州）人。清末民國時期著名文學家、實業家。著述甚豐，且範圍頗廣，能詩詞、文章、小說、戲曲，兼擅詩詞曲評論、小說翻譯，有傳奇七種、彈詞二種、劇本八種、說部一百○二種、雜著二十種。

42.　h1166　華倫夫人之職業　（英）蕭伯納著，潘家洵譯　《新潮》第 2 卷第 1 號，1919，10，30。

43.　h1167　華倫夫人之職業　（英）蕭伯納著，潘家洵譯　上海：商務印書館，1923。

按以上二種爲同一作品，係翻譯劇本，而非小說。此劇嘗在中國話劇形成過程中發生重要影響，在中國話劇史上享有盛譽。

44.　h1431　黃金塔腳本（喜劇）　獨譯　《娛閒錄》第 16 期，1915，3

45.　h1432　黃金塔（獨幕劇）　（法）佚名作，獨譯　《中國近代文學大系》第 11 集第 28 卷翻譯文學集三，上海：上海書店，1991，4。

按以上二種爲同一作品，係翻譯劇本，而非小說。原作者未詳，待考。譯者「獨」，眞實姓名未詳，待考。

46.　h1529　迴天偉婦傳奇　《國民日日報》黃帝紀元 4394 癸卯 6，16（1903，8，8）～6，30（8，22）。

按此作筆者未見，疑爲傳奇劇本，而非小說。待考。

47.　j0256　假親王（外交新劇）　傖父　《東方雜誌》第 12 卷第 6～8 號，1915，6，10～8，10。

按此作爲新劇劇本，而非小說。作者似爲葉楚傖，待考。

48.　j0567　劫灰夢傳奇　如晦庵主人　《新民叢報》第 1 號，光緒 28，1，1（1902，2，8）。

按此作爲傳奇劇本。作者梁啓超（1873～1929），別署如晦庵主人。

49. j0676　巾幗魂傳奇　《河南》第 1 期，光緒 33，11，16（1907，12，20）。

按此作爲傳奇劇本，而非小說。發表時不屬作者姓名，作者情況已難以查考。

50. j0847　經國美談（18 齣）　（日）矢野文雄，李伯元　薛正興主編《李伯元全集》3，南京：江蘇古籍出版社，1997，12。

按此作爲時調曲本，形式接近皮黃劇本，而非小說。

51. j0849　經國美談第一部（西劇）　曾蘭　《娛閒錄》第 5～13 期，1914，9～1915，1。

按此作爲新劇劇本，而非小說。

52. j0850　經國美談新戲（新編前本）（18 齣）　謳歌變俗人（李伯元）　《繡像小說》第 1～34 期，癸卯 5，1〔甲辰 8，15〕（1903，5，29～〔1904，9，24〕）。

按此作爲時調曲本，形式接近皮黃劇本，而非小說。作者李寶嘉，字伯元，號謳歌變俗人。

53. j0878　精衛石（6 回）　漢俠女兒（秋瑾）　《秋瑾史迹》，上海：中華書局上海編輯所，1958；上海：上海古籍出版社，1991，8。

按此作爲說唱曲本，而非小說。此作又見《秋瑾集》，中華書局，1960 年；上海：上海出版社，1979 年。作者秋瑾，別署漢俠女兒。

54. l0100　浪子回頭　（陳）大悲氏　《新劇雜誌》第 1～2 期，1914，5，1～7，1。

按此作爲新劇劇本，而非小說。作者陳大悲（1887～1944），浙江杭州人，著名話劇作家。「愛美劇」的提倡者。

55. l0487　李太白（歷史新劇）　闇夫　《戲劇叢報》第 1 卷第 1 期，1915，3。

按此作爲新劇劇本。作者「闇夫」眞實姓名未詳，待考。

56. l0602　戀之魔　邃庵　《小說叢報》第 3 年第 11 期，1917，6，10。

按此作當爲新劇劇本，而非小說。作者「邃庵」眞實姓名未詳，待考。

57. l0628　兩副面孔的奴隸（獨幕名劇）　戴維斯女士 MARY CAROLYN DAVIES 著，純蘭女士譯　《太平洋》第 3 卷第 10 號，1923，6。

按此劇爲翻譯新劇劇本，而非小說。譯者「純蘭女士」眞實姓名未詳，待考。

58.　10677　烈婦復仇（新劇）　新樹　《餘興》第 2 期，1914，9。

按此作爲新劇劇本，而非小說。作者「新樹」眞實姓名未詳，待考。

59.　10690　烈士魂　《廣益叢報》第 5 年第 32 期（160 號），光緒 32，12，10（1908，1，13）。

按此作乃曲牌聯套體戲曲形式，實爲傳奇劇本，而非小說。作者未詳，已難查考。

60.　10699　淋瘋女傳奇（傳奇小說）（上下冊）　瘦梅著　上海：中華書局，小說彙刊 92。

按此作筆者未能獲見，亦未見有關著作著錄，不知其究屬小說還是傳奇劇本，待考。作者「瘦梅」眞實姓名及生平事迹未詳，待考。

61.　10711　林肯（學校劇本）　堅瓠　《學生雜誌》第 1 卷第 1～2 號，1914，7，20～8，20。

按此作爲新劇劇本，而非小說。作者「堅瓠」眞實姓名未詳，待考。

62.　10754　淩波影（諷纏足也）　《廣益叢報》第 8 年第 4 期（第 228 號），宣統 2，2，30（1910，4，9）。

按此作爲當爲戲曲或說唱，而非小說。作者未詳，已難查考。

63.　10877　六如亭（傳奇小說）　張度西遺稿，石庵加評　《揚子江小說報》第 2～5 期，宣統 1，5，1～8，1（1909，6，18～9，14）。

按此作爲傳奇劇本，有道光賜錦樓刊本。可知其不僅並非小說，且不屬清末民初之作。作者張九鉞（1721～1803），字度西。湖南湘譚人。主要生活於乾隆、嘉慶年間。評點者「石庵」眞實姓名未詳，待考。

64.　10883　六月霜　古越籯宗季女偶述　新小說社，光緒 33，9 中旬（1907）。

按此作爲傳奇劇本，演秋瑾被害故事，而非小說。作者署「古越籯宗季女」，「籯」字疑誤，原刊本作「嬴」，此人當係浙江紹興人，與秋瑾有同里之雅，眞實姓名未詳，待考。梁淑安、姚柯夫《中國近代傳奇雜劇經眼錄》云：「嬴宗季女，姓劉，人稱劉家小妹。浙江山陰（今紹興）人。爲秋瑾之同鄉、同學。著有傳奇一種。」

65. m0002 廡瘋女傳奇　莫等閒齋主人　《中華婦女界》第 1 卷第 10 期～第 2 卷第 6 期，1915，10，25～1916，6，25。

66. m0003 廡瘋女傳奇（傳奇小說）（上下冊）　莫等閒齋主人　上海：中華書局，1917，6　小說彙刊。

按以上二種爲同一作品，係傳奇劇本，而非小說。此劇又名《病玉緣傳奇》。作者陳尺山（？～1934 以後），原名尺山，後改天尺，字昊玉，號韻琴，別署莫等閒齋主人。福建長樂人。近代傑出戲曲家，除此劇外，尙著有《孟諧傳奇》等。

67. m0314 梅花夢（2 卷，2 冊）　張道　光緒 20（1894）。

按《梅花夢》爲傳奇劇本，而非小說。此劇凡二卷，三十四出。作者張道（1821～1862），原名炳傑，字伯幾，號少南，別署劫海逸叟。浙江錢塘（今杭州）人。

68. m0410 美人劍新劇　陳大悲編　《小說月報》第 8 卷第 2～3 號，1917，2，25～3，25。

按此作爲新劇，而非小說。作者陳大悲，近代著名戲劇家。

69. m0427 美人黥背記（俠情新劇）　有名、鐵柔合編　《劇場月報》第 1 卷第 1～3 號，1914，11，1～1915，2，20。

按此作爲新劇劇本，而非小說。作者「有名、鐵柔」眞實姓名未詳，待考。

70. m0438 美人心（俄國奇情新劇）　嘯天生意譯　《小說月報》第 2 年第 2～3 期，宣統 3，2，25～3，25（1911，3，25～4，23）。

按此作爲翻譯新劇劇本，而非小說。譯者當爲許嘯天，號天嘯生。

71. m0536 孟諧傳奇（傳奇小說）（莫等閒齋主人）　上海：中華書局　小說彙刊 93。

72. m0537 孟諧傳奇　莫等閒齋主人　上海：中華書局，1916，11。

按以上二種爲同一作品，係傳奇劇本，而非小說。作者陳尺山，別署莫等閒齋主人。福建長樂人。詳見上文《廡瘋女傳奇》條。

73. m0570 夢中緣（新刻夢中緣）（15 回，4 冊）　李修行　崇德堂，光緒 11（1885）。

按此作筆者未見，疑爲戲曲劇本，而非小說。未知此作與邯鄲夢醒人所作、光緒十一年（1885）刊行之傳奇劇本《夢中緣》是否爲同一作品，待考。

74.　m0579　迷魂陣傳奇　吳魂　《覺民》第7期，甲辰4，25（1904，6，8）。

75.　m0580　迷魂陣傳奇　吳魂　《〈覺民〉月刊整理重排本》，北京：社會科學文獻出版社，1996，5。

按以上二種爲同一作品，係傳奇劇本，而非小說。作者「吳魂」眞實姓名未詳。或認爲係高增（1881～1943）之別署，尙難確認，待考。

76.　m0729　明末遺恨（世界新劇）（46節）　珮　《圖畫日報》第247～299號，〔1910，4，28〕～宣統2，5，13（1910，6，19）。

按此作爲新劇劇本，而非小說。作者「珮」眞實姓名未詳，待考。

77.　m0848　末日（悲劇）　蟄庵、（包）天笑　《中華小說界》第2年第7～8期，1915，7，1～8，1。

按此作爲新劇劇本，而非小說。作者「蟄庵」眞實姓名未詳，待考；另一作者爲包公毅（1876～1973），字朗孫，別署天笑、天笑生等，以號天笑行。江蘇吳縣人。有詩文、小說、翻譯小說多種。

78.　m0895　母（家庭劇本）　（徐）卓呆　《小說大觀》第6集，1916，6。

按此作爲新劇劇本，而非小說。作者徐傅霖（1881～1958），字卓呆，號半梅，以字行。江蘇吳縣人。有小說、戲劇、電影劇本多種。著名話劇作家。

79.　m0837　秣陵血傳奇（明末軼史）　烏台　《崇德公報》第5～32號，1915，6，27～1916，1，23。

按此作發表時嘗標明「明末軼史秣陵血傳奇」，爲傳奇劇本，而非小說。作者「烏台」，即蔡寄鷗（1890～1961），原名天憲，又名乙青，號烏台、藜閣，筆名崎嶇、濟民。湖北黃安（今紅安縣）人。戲曲作品有《秣陵血傳奇》、《瀛臺夢傳奇》（含《瀛臺夢傳奇續編》）二種傳世，尙有《華胥夢傳奇》、《國恥圖傳奇》、《蓮花公主傳奇》、《新空城計傳奇》等待訪。

80.　n0003　拿破侖（腳本新譯）　（英）戲劇家囂氏原著，綠衣女士、冷（陳景韓）譯　《小說時報》第16～22期，1912，7，26～1914，5，15。

按此作爲翻譯新劇劇本，而非小說。譯者「綠衣女士」眞實姓名未詳待考；另一譯者陳景韓（1877～1965），別署冷、冷血、華生。江蘇松江（今屬上海）人。近代著名報人、文學家。有小說、翻譯小說多種。

81. n0004 拿破侖（悲劇） （徐）卓呆譯 《中華小說界》第 1 年第 1～2 期，1914，1，1～2，1。

按此作爲翻譯新劇劇本，而非小說。譯者徐卓呆，號半梅。未知此劇與上述同名劇本是否爲同一作品，待考。

82. n0020 拿魚殼（世界新劇） 憶 《圖畫日報》第 173～207 號，〔1910，2，13～3，19〕。

按此作爲新劇劇本，而非小說。作者「憶」眞實姓名未詳，待考。

83. n0044 南北夫人傳奇（豔情小說）（3～7 齣） 世次郎（黃小配） 《粵東小說林》第 3～7 期，丙午年 9，19（1906，11，5）～10，29（12，14）。

按此作爲傳奇劇本，而非小說。筆者僅見其第三齣《滬遊》、第七齣《贈別》兩齣，其他情況未詳，待考。原刊時「南北夫人傳奇」前標「豔情小說」四字。作者黃世仲（1872～1912），字小配，又字配工，別署黃帝嫡裔、禺山世次郎、黃棣蓀等。廣東番禺（今廣州）人。近代資產階級革命家、文學家，有小說、政論多種。

84. n0276 孽海花（班本） 東亞病夫（曾孟樸）原著，天寶宮人（臧侖樵）編串 《月月小說》第 2 年第 5～9 期（17～21 號），戊申 5～9（1908，6～10）。

按此作爲戲曲劇本，當係天寶宮人（臧侖樵）根據曾樸同名小說改編而成，已非小說，與曾樸原作同名小說更非同一作品。

85. n0413 女才子記傳奇（傳奇小說） 上海：中華書局 小說彙刊 94。

86. n0414 女才子記傳奇（傳奇小說） 嘯侶 上海：中華書局，1917，3 小說彙刊。

按以上二種實係同一作品，爲傳奇劇本，而非小說。作者李漁（1611～1680），號蘇門嘯侶。清代著名戲曲家、戲曲理論家、文學家。因此此作不僅並非小說，且不屬清末民初時期作品。

87. n0415 女拆白黨（彈詞小說） 張丹斧 上海：震亞圖書局，1916，5；1917，9 再版。

按此作爲彈詞，而非小說。作者張丹斧（約 1870～1937），初名扆，又名延禮，字丹斧，晚年自號後樂笑翁、無厄道人，在報刊發表詩文常署丹翁。

江蘇儀徵人。南社社員，鴛鴦蝴蝶派作家。與李涵秋、貢少芹並稱「揚州三傑」。擅詩詞，能文章，精書法，好金石、骨董，喜藏古錢，亦善治印。

88. n0421　女兒花（彈詞小說）（上下冊，48 回）　柳浦散人著，西麓山人評點　上海：中新書局，光緒 32（1906）。

按此作爲彈詞，而非小說。作者「柳浦散人」、評點者「西麓山人」，眞實姓名均未詳，待考。

89. n0524　女性的交情（短劇）　（法）顧岱林著，病夫（曾孟樸譯）　《眞美善》第 1 卷創刊號，1927，11，1。

按此作爲翻譯劇本，而非小說。譯者曾樸，字孟樸，筆名東亞病夫。

90. n0544　女英雄傳奇　覺佛　《覺民》第 1～5 期合本，甲辰 5，25 再版（1904，7，8）。

91. n0545　女英雄傳奇　覺佛　《〈覺民〉月刊整理重排本》，北京：社會科學文獻出版社，1996，5。

按以上二種爲同一作品，實爲傳奇劇本，而非小說。作者高增（1881～1943），字迪雲，號澹安、澹庵，別署覺佛、卓公、佛子、大雄、東亞憤人等。或云「吳魂」亦其別署，待考。江蘇金山（今屬上海市）人。作有《女中華傳奇》、《俠客傳奇》、《人天恨傳奇》、《血海恨傳奇》、《女英雄傳奇》、《活地獄傳奇》等戲曲多種，篇幅均不長。

92. o0019　歐那尼　（法）囂俄原著，東亞病夫（曾孟樸）譯　上海：眞美善書店，1927，9。

按此作爲翻譯劇本，而非小說。譯者曾樸，筆名東亞病夫。

93. p0231　撲蝶緣彈詞（豔情小說）　奚燕子　《銷魂語》1914，12？1915，1？

按此作爲彈詞，而非小說。作者「奚燕子」眞實姓名未詳，待考。

94. q0012　妻黨同惡報（新劇小說）（12 回）　羅天綱　上海：國華書局，1914，6。

按此作爲新劇劇本，而非小說。

95. q0198　乞食圖傳奇（一名後崔張）　林棲居士塡詞　《小說叢報》第 4 年 1～6 期，1917，9，1～1918，5。

按此作爲傳奇劇本，而非小說。此劇有清乾隆年間小林棲刊本和嘉慶年間刊本。作者錢維喬（1740～1806），字樹參、季木，號曙川、竹初，別署林棲居士。可知此作不但不屬小說，且不屬清末民初時期作品。

96. q0923 秋海棠傳奇 悲秋 《中華婦女界》第 1 卷第 4 期，1915，4，25。

按此作爲傳奇劇本，而非小說。作者洪炳文（1848～1918），字博卿，號棟園，別署悲秋散人、花信樓主人、祈黃樓主等。浙江瑞安人。作有戲曲、詩詞、駢文等多種，爲近代著名文學家。

97. q0978 求幸福（警世新劇） （沈）雁冰 《學生雜誌》第 5 卷第 10～11 號，1918，10，5～11，5。

按此劇爲新劇劇本，而非小說。

98. r0019 熱淚（悲劇） （法）薩特著，卓呆（徐築岩）譯 《小說大觀》第 7 集，1916，10。

99. r0020 熱淚（3 幕劇） （法）薩特著，卓呆（徐築岩）譯 《中國近代文學大系》第 11 集第 28 卷翻譯文學集三，上海：上海書店，1991，4。

按以上二種爲同一作品，係翻譯劇本，而非小說。

100. r0050 人力車夫（短劇） 陳綿 《新青年》第 7 卷第 5 號，1920，4，1。

按此作爲新劇劇本，而非小說。

101. r0059 人天恨傳奇 秋士 《覺民》第 8 期，甲辰 5，25（1904，7，8）。

102. r0060 人天恨傳奇 秋士 《〈覺民〉月刊整理重排本》，北京：社會科學文獻出版社，1996，5。

按以上二種爲同一作品，係傳奇劇本，而非小說。作者「秋士」當爲高增之別署，詳見上文《女英雄傳奇》條。

103. s0293 善惡（社會新劇） 周瘦鵑 《小說月報》第 9 卷第 2 號，1918，2，25。

按此作爲新劇劇本，而非小說。

104. s0448 社會柱石（名家劇本） （挪威）易卜生原著，（周）瘦鵑譯 《小說月報》第 11 卷第 3～8 號，1920，3，25～8，25。

105. s0449　社會柱石（原名 THE PILLARS OF SOCIETY）（2卷）（上下冊）（挪威）H.IBSEN（易卜生）著，周瘦鵑譯　上海：商務印書館，1921，10　說部叢書 4～5。

按以上二種爲同一作品，係翻譯新劇劇本，而非小說。

106. s0458　誰謂荼苦（家庭新劇）　傑雲　《通俗周報》第2～6期，1917，3，27～4，24。

按此作爲新劇劇本，而非小說。作者「傑雲」眞實姓名未詳，待考。

107. s0466　誰之罪戲曲　悲秋　《江西》第2、3號，光緒34，11，17（1908，12，10）。

按此作爲戲曲劇本，而非小說。作者「悲秋」眞實姓名未詳，待考。

108. s0568　生屍（LE CADAVER VIVANT 俄之名劇）　托爾斯泰撰，程生、夏雷同譯　《小說時報》第32號，1917，7。

109. s0569　生屍（4幕20場）　（俄）托爾斯泰作，程生、夏雷同譯　《中國近代文學大系》第11集第28卷翻譯文學集三　上海：上海書店，1991，4。

按以上二種爲同一作品，係翻譯劇本，而非小說。

110. s0837　史劇烏江二幕（春柳社專用腳本）　春柳社發起人吳我尊　《春柳》第5期，1919，4，1。

按此作爲話劇劇本，而非小說。由標明的「春柳社專用腳本」可知此劇重要情況。

111. s0901　勢利鏡彈詞　惜華　商務《婦女雜誌》第2卷第12號，1916，12，5。

按此作爲彈詞，而非小說。作者當爲傅惜華，早年發表作品常署惜華。

112. s0938　守財虜（L'AVARE 歐美名劇）　（法）莫勒 MOLIERE　《小說月報》第6卷第6號，1915，6，25。

按此作爲翻譯劇本，而非小說。譯者未詳。劇名今譯《守財奴》，作者今譯莫里哀。

113. s0942　守財奴　鄭正秋　《勸業場日報》1917，10，21以降？～1919，5？

按此作爲話劇劇本，而非小說。未知此劇與上文所述莫里哀所著《守財虜》一劇是否有關。

114. s0952 守錢奴 （法）摩里埃爾作，唯一、錢貝母、樂天生譯 《小說叢報》第2～20期，1914，6，10～1916，3，29。

115. s0953 守錢奴（5本24幕趣劇） （法）摩里埃爾作，唯一、錢貝母、樂天生譯 《中國近代文學大系》第11集第28卷翻譯文學集三，上海：上海書店，1991，4。

按以上二種爲同一作品，係翻譯劇本，而非小說。劇名今譯《守財奴》，作者今譯莫里哀。三位譯者「唯一、錢貝母、樂天生」眞實姓名及生平事迹均未詳，待考。

116. s1025 戍獺（喜劇） （英）陸軍副將F.J.FRASER著，（劉）半儂譯 《小說大觀》第2集，1915，10，1。

按此作爲翻譯劇本，而非小說。譯者爲劉復（1891～1934），字半儂，後改半農。江蘇江陰人。著名近現代文學家、學者。

117. s1106 雙節義（新劇） 《娛閒錄》第13～22期，1915，1～1915，6。

按此作爲新劇劇本，而非小說。

118. s1221 霜整冰清錄彈詞 惜華 商務《婦女雜誌》第1卷第11號～第3卷第10號，1915，11，5～1917，10，5。

按此作爲彈詞，而非小說。作者爲傅惜華。

119. s1460 俗耳針砭（新編彈詞）（1回） 謳歌變俗人（李伯元） 《繡像小說》第1期，癸卯5，1（1903，5，27）。

按此作爲彈詞，而非小說。作者李寶嘉，字伯元，號謳歌變俗人。

120. s1540 孫知事被擄（新劇） 新樹 《餘興》第5期，1915，2。

按此作爲新劇劇本，而非小說。作者「新樹」眞實姓名未詳，待考。

121. t0068 曇花夢（彈詞家庭小說） 天嘯 《東亞小說新刊》1914，4。

按此作爲彈詞，當時歸入「家庭小說」類，而非今之小說。作者「天嘯」眞實姓名未詳，待考。

122. t0116 逃兵（歐洲名喜劇之一） 叔良 《小說海》第3卷第12號，1917，12，5。

按此作爲翻譯劇本，而非小說。雖曰「歐洲名喜劇」，然未標明原作者，未知根據何人何劇翻譯或改編。作者「叔良」眞實姓名未詳，待考。

123. t0245　天明（悲劇）　（英）P.L.WILDE 著，劉半儂譯　《新青年》第4卷第2號，1918，2，15。

按此作爲翻譯劇本，而非小說。作者今譯王爾德，譯者劉復，字半儂，亦作半農。

124. t0442　桐花牋傳奇　天虛我生（陳蝶仙）　《著作林》第2～14期，1907？1908？

按此作爲傳奇劇本，而非小說。且此處所述有關此劇刊載信息不確，當改。此劇連載於《著作林》第二期至第九期，第十一期又載《傳概》一齣，約1907年。又載《遊戲雜誌》第一期至第八期，1913年至1914年。作者陳栩，號天虛我生。詳見上文《花木蘭傳奇》條之介紹。

125. t0463　同心梔彈詞　程文棪　商務《婦女雜誌》第4卷第1～6號，1918，1，5～6，5。

按此作爲彈詞，而非小說。作者程文棪，字瞻廬。

126. t0474　童子針砭（警世新劇）　鴉江鷃士編、西神殘客評　商務《婦女雜誌》第2卷第1～5號，1916，1，5～5，5。

按此作爲新劇劇本，而非小說。作者「鴉江鷃士」眞實姓名未詳，待考。評點者王蘊章（1884～1942），字蓴農，號西神殘客，簡稱西神，又署西神王十三、梁溪蓴農。江蘇無錫人。近代著名文學家。

127. w0021　外交術（滑稽新劇）　（周）瘦鵑　《小說月報》第9卷第7～8號，1918，7，25～8，25。

按此作爲新劇劇本，而非小說。作者周瘦鵑，近代著名文學家。

128. w0104　亡國恨傳奇　江都貢少芹　《廣益叢報》第257號（宣統3，1，30（1911，2，28））、第261號（宣統3，3，10（1911，4，8））。

按此作爲傳奇劇本，而非小說。除《廣益叢報》本外，此劇又有漢口《中西日報》刊本，1910年。又有貢少芹之子貢鼎編校鉛印本，刊行於1943年10月之後，出版者未詳。作者貢少芹，詳見上文《哀川民》條介紹。阿英《晚清戲曲小說目》之《補遺》中著錄此劇，云係「佚名著」，上海：古典文學出版社，1957年9月。阿英《晚清文學叢鈔・傳奇雜劇卷》據「原排印本」收錄，歸爲「無名氏」之作，北京：中華書局，1962年9月。後遂有多種著作沿用此劇作者「佚名」、「無名」之說，以往學界蓋未知曉貢少芹即爲此劇之作者。

129. w0169　威廉退爾（國民戲曲）　（（德）席勒著），馬君武譯　《大中華雜誌》第 1 卷第 1～6 期，1915，1，20～6，20。

130. w0170　威廉退爾　（德）席勒著，馬君武譯　阿英編《晚清文學叢鈔》域外文學譯文卷，北京：中華書局，1961，9。

131. w0171　威廉退爾（5 劇 15 幕）　（德）許雷著，馬君武譯　《中國近代文學大系》第 11 集第 28 卷翻譯文學集三，上海：上海書店，1991，4。

按以上三種爲同一作品，係翻譯劇本，而非小說。作者今譯席勒。譯者馬君武（1881～1940），廣西桂林人。近代著名文學家。

132. w0180　維多利亞寶帶緣　社員某　《月月小說》第 1 年第 1～6 號，光緒 32，9，15～33，2，〔15〕，（1906，11，1～1907，〔3，28〕）。

按此作採用曲牌聯套體形式，爲傳奇劇本，而非小說。作者「社員某」眞實姓名未詳，已難查考。

133. w0187　維新夢傳奇（16 齣）　惜秋（歐陽巨源）塡詞、蝍士倚聲、旅生續稿、遯廬　《繡像小說》第 1～28 期，癸卯 5，1～〔甲辰 5，15〕（1903，5，27～〔1904，6，28〕）。

按此作爲傳奇劇本，而非小說。作者除「惜秋」可確定爲歐陽巨源外，「蝍士」、「旅生」和「遯廬」三人眞實姓名均未詳，待考。

134. w0188　維新夢傳奇　《大陸報》第 2 年第 9 號，光緒 30，9，20（1904，10，28）。

按此作亦爲傳奇劇本，而非小說。雖亦名《維新夢傳奇》，然與惜秋等人合著之同名劇本無甚關聯，僅劇名相同而已。發表時不署姓名，作者已難查考。

135. w0458　烏江恨傳奇（軍事小說）　楊與齡　《南洋兵事雜誌》第 45～47 期，宣統 2，4～6（1910，5～7）。

按《烏江恨傳奇》和下文的《武士道傳奇》、《岳家軍傳奇》，發表時雖均標明「軍事小說」，但均爲傳奇劇本，而非小說。作者楊與齡（1875～1953），原名珥珊，亦用名與齡、與令、太晚，自號買天翁。安徽黟縣人。晚年居江蘇鎮江。有戲曲《武士道傳奇》、《烏江恨傳奇》、《岳家軍傳奇》、《新桃花扇傳奇》等，並有其他文學作品及著作多種。

136. w0460　鄔烈士殉路（時事新劇）（2 折）　佛（吳趼人）　《月月小說》第 1 年第 11～12 號，光緒丁未 11，〔15〕～12，〔15〕（1907，〔12，19〕～1908，〔1，18〕）。

137. w0461　鄔烈士殉路　我佛山人（吳趼人）　盧叔度主編《我佛山人文集》第 8 卷，廣州：花城出版社，1989，5。

138. w0462　鄔烈士殉路　吳趼人　海風主編《吳趼人全集》第 8 卷，哈爾濱：北方文藝出版社，1998，2。

按以上三種爲同一作品，係新劇劇本，而非小說。作者吳沃堯，號趼人，別署我佛山人，發表作品時署「佛」。近代著名文學家。

139. w0560　無名氏（悲劇，新劇）　（法）迦爾威尼著著，嘯天生譯　《小說月報》第 3 年第 7～11 號，1912，10～1913，2，25。

按此作爲翻譯劇本，而非小說。譯者許嘯天，別署天嘯生。

140. w0715　武士道傳奇（軍事小說）　楊與齡來稿　《南洋兵事雜誌》第 30 期～35 期，宣統 1，2～6（1909，3～7）。

按此作爲傳奇劇本，而非小說。作者楊與齡（1875～1953），原名珥珊，亦用名與齡、與令、太晚，自號買天翁。安徽黟縣人。晚年居江蘇鎭江。有戲曲《武士道傳奇》、《烏江恨傳奇》、《岳家軍傳奇》、《新桃花扇傳奇》等，並有其他文學作品及著作多種。

141. x0009　西方美人（THE FAIR MAID OF THE WEST，歐美名劇）　（英）赫烏德 THOMAS HEYWOOD　《小說月報》第 6 卷第 6 號，1915，6，25。

按此作爲翻譯劇本，而非小說。

142. x0039　西鄰鬥毆（寓意新劇）　新樹　《餘興》第 5 期，1915，2。

按此作爲新劇劇本，而非小說。作者「新樹」眞實姓名未詳，待考。

143. x0072　西廂記彈詞　朱寄庵著，徐枕亞重編　《小說日報》1916，6，6 以降～7，3？按此作爲彈詞，而非小說。

144. x0073　西廂記彈詞　王韻倩　《上海新報》1918，10，5 以降？

按此作爲彈詞，而非小說。

145. x0173　俠客傳奇　大雄　《覺民》第 1～5 期合本，甲辰 5，25 再版（1904，7，8）。

146. x0174　俠客傳奇　大雄　《〈覺民〉月刊整理重排本》，北京：社會科學文獻出版社，1996，5。

按以上二種爲同一作品，係傳奇劇本，而非小說。作者高增，別署大雄。詳見上文《女英雄傳奇》條。

147. x0200　俠女魂（傳奇小說）　蔣景緘　《揚子江小說報》第2～5期，宣統1，5，1～8，1（1909，6，18～9，14）。

按此作爲雜劇劇本，而非小說。此劇由《足冤》、《拒煙》、《探獄》、《兵解》、《贈金》故事構成，載《揚子江小說報》第一期至第五期，1909年5月至9月14日。阿英編《晚清文學叢鈔・傳奇雜劇卷》收錄其一《足冤》，北京：中華書局，1962年9月。《足冤》又有《中國古典文學名著分類集成・戲曲卷》所收本，天津：百花文藝出版社，1994年12月。作者蔣景緘創作小說戲劇多種，爲清末民國時期重要文學家，然其生平事迹未詳，待考。

148. x0308　弦高犒師新劇　《中華全國商會聯合會會報》第2年第9號，19185，8，1。

按此作爲新劇劇本，而非小說。作者未詳，已難查考。

149. x0397　相御妻彈詞　惜華　商務《婦女雜誌》第1卷第10號，1915，10，5。

按此作爲彈詞，而非小說。作者傅惜華。

150. x0467　小伯爵（家庭名劇）　（（美）白涅德），半儂　《中華小說界》第3卷第3～5期，1916，3，1～5，1。

按此作爲翻譯劇本，而非小說。譯者劉復，字半農，或作半儂。

151. x0468　小不忍（新劇）　敬广　《中華小說界》第1年第12期，1914，12，1。

按此作爲新劇劇本，而非小說。作者「敬广」眞實姓名未詳，待考。

152. x0526　小說傳奇五種　梁啓超　上海：中華書局，1936，3　收《新中國未來記》、《世界末日記》、《俄皇宮中之人鬼》、《劫灰夢傳奇》、《新羅馬傳奇》等5篇。

按此書中所收作品五種中，《劫灰夢傳奇》與《新羅馬傳奇》二種爲傳奇劇本，而非小說。此書所收五種作品作者均爲梁啓超。

153. x0748　新茶花（世界名劇）（38）　上海環球學生會諸君編述（青、願）。

按此作爲翻譯劇本，而非小說。主要譯者「青、願」眞實姓名未詳，待考。

154. x0761　新村正　天津南開學校新劇團編　《春柳》第6～8期，1919，5，1～10，1。

按此作爲話劇劇本，而非小說。此劇爲南開新劇團經典劇目之一。

155. x0841　新華宮（傳奇小說）　摩漢　《寸心雜誌》第4～5期，1917，4，10～5，10。

按此作爲傳奇劇本，而非小說。作者鄺振翎（1885～1932），字摩漢，號石溪，別署石溪詞客。江西尋烏人。

156. x0930　新羅馬傳奇　飲冰室主人（梁啓超）　《新民叢報》第10～56號，光緒28，5，15～30，10，1（1902，6，20～1904，11，7）。

157. x0931　新羅馬傳奇　中國之新民（梁啓超）　《廣益叢報》第3～64號，光緒29，4，10～30，12，15（1903，5，6～1905，1，20）。

按以上二種爲同一作品，係傳奇劇本，而非小說。作者梁啓超。此劇雖未完，然版本甚多。上文所述此劇發表於《新民叢報》和《廣益叢報》情況不確，爲更正如下：《新民叢報》第十號至第十三號、第十五號、第二十號、第五十六號，1902年6月20日至1904年11月7日。《廣益叢報》第三號、第六十二、六十三、六十四號合刊本，1903年5月6日、1905年1月20日。此外，主要版本尙有：《遊戲報》1902年7月8日至12月23日。筆者所見上海圖書館藏該報殘缺不全，所見僅如下部分：1902年7月8日刊《楔子一齣》，未完，7月9日續刊，12月15日續前刊第六齣《鑄黨》，未完，12月23日續前刊《緯憂》，後標明「未完」二字。又有《小說傳奇五種》本，上海：中華書局，1936年。《分類精校飲冰室文集》所收本，上海：廣智書局，光緒三十一年（1905）十一月二十五日訂正三版發行，光緒三十三年（1907）正月二十六日訂正四版發行。《飲冰室文集類編》本，出版單位及時間未詳。林志鈞編《飲冰室合集》所收本，上海：中華書局，1936～1937年初版；北京：中華書局，1989年3月重印。阿英《晚淸文學叢鈔・傳奇雜劇卷》本，北京：中華書局，1962年9月。《中國近代文學大系・戲劇集一》所收本，上海：上海書店，1996年3月。又有《中國古典文學名著分類集成・戲曲卷》所收本，天津：百花文藝出版社，1994年12月。

158. x1150　新中國傳奇　橫江健鶴　《江蘇》第 4 期，紀元 4394，閏 5，1（1903，6，25）。

按此作爲傳奇劇本，而非小說。作者「橫江健鶴」眞實姓名未詳，待考。

159. x1239　醒世緣（新編彈詞）（14 回）　謳歌變俗人（李伯元）　《繡像小說》第 2～69 期，癸卯 5，15～〔丙午，1〕（1903，6，10～〔1906，2，23〕）。

160. x1240　醒世緣彈詞（14 回）　李伯元　薛正興主編《李伯元全集》3，南京：江蘇古籍出版社，1997，12。

按以上二種爲同一作品，係彈詞，而非小說。作者李寶嘉，字伯元，近代著名文學家。

161. x1437　續新茶花（世界新劇）　珮　《圖畫日報》第 301～341 號〔1910，6，21～7，31〕。

按此作爲翻譯劇本，而非小說。未知據何人何原作翻譯而成。譯者「珮」眞實姓名未詳，待考。

162. x1453　軒亭冤　湘靈子　1908。

163. x1454　軒亭冤傳奇　蕭山湘靈子著、山陰杞憂生評　上海振新圖書社，民國元（1912）年仲春。

按以上二種實爲同一作品，係傳奇劇本，而非小說。作者「蕭山湘靈子」眞實姓名向不爲人所知曉，有以爲是浙江桐鄉張長者，證據不足。據筆者考證，「蕭山湘靈子」乃韓茂棠，字柏谿，一作伯谿，號湘靈子。浙江蕭山人。能詩文詞曲。詳情可參見左鵬軍《近代傳奇雜劇作家作品考辨五題》（載《文學遺產》2001 年第 1 期）或左鵬軍《晚清民國傳奇雜劇考索》（北京：人民文學出版社，2005 年 9 月）。評點者署「山陰杞憂生」，當爲浙江山陰（即紹興）人，眞實姓名未詳，待考。疑此人與作者蕭山湘靈子韓茂棠關係甚爲密切。

164. x1485　學海潮傳奇　春夢生　《新民叢報》第 46，47，48～49 號，光緒 29，12，29（1904，2，14）～光緒 30，5，15（1904，6，28）。

按此作爲傳奇劇本，而非小說。載《新民叢報》第四十六、四十七、四十八號合本、第四十九號（第三年第一號），1904 年 2 月 14 日、6 月 28 日。作者周祥駿（1870～1914），字仲穆，號更生，別署春夢生。江蘇睢寧人。夏曉虹指出「春夢生」爲廖恩燾，見其論文《晚清外交官廖恩燾的戲曲創作》，載《學術研究》2007 年第 3 期。從各方面情況看，當從夏曉虹說。

165. x1589　血海花傳奇　玉瑟齋主人　《新民叢報》第 25 號，光緒 29，1，14（1903，2，11）。

按此作爲傳奇劇本，而非小說。作者麥仲華（1876～1956），字曼宣，號曼殊室主人、曼殊庵主人、瑶齋、瑶庵、玉瑟齋、瑶齋主人、玉瑟齋主人。廣東順德人。麥孟華之弟，康有爲受業弟子，並爲康有爲長女同薇夫婿。

166. y0147　驗心（社會劇）　（英）名劇曲家賴賽氏著，（周）瘦鵑譯　《小說大觀》第 4 集，1915，12，1。

按此作爲翻譯劇本，而非小說。譯者周瘦鵑，近代著名文學家。

167. y0311　夜未央（新劇）　（廖抗夫著，李石曾譯）　《良心》第 1～2 期，1913，7，20～8，20。

按此作爲新劇劇本，而非小說。

168. y0411　一家春傳奇　碩果　《復報》第 1 期，中國開國紀元 4604，4，15（1906，5，8）。

按此作爲傳奇劇本，而非小說。作者「碩果」眞實姓名未詳，待考。

169. y0488　一念差　天津南開學校新劇團編　《春柳》第 2～4 期，1919，1，1～3，1。

按此作爲話劇劇本，而非小說。此劇爲南開新劇團經典劇目之一。

170. y0585　噫嘻拿翁（原名 THE MAN OF DESTINY，歷史劇本）　（英）勃拿特靴 BERNARD SHAW 著，苕狂譯　《春聲》第 2 集，1916，3，4。

按此劇爲翻譯劇本，而非小說。作者今譯蕭伯納。譯者趙澤霖（1891～？），字雨蒼，號苕狂，以號行。浙江吳興人。近代著名文學家。有小說多種。

171. y0635　一隻馬蜂（獨幕短劇）　西林　《太平洋》第 4 卷第 3 號，1923，10，5。

按此作爲話劇劇本，而非小說。作者丁西林，現代著名劇作家。

172. y0661　遺老避兵新劇　秋圃　《餘興》第 5 期，1915，2。

按此作爲新劇劇本，而非小說。作者「秋圃」眞實姓名未詳，待考。

173. y0676　遺囑（改良新劇）　邁依休著，卓呆譯　《小說月報》第 1 年第

1～2 期，宣統 2，7，25～8，25（1910，8，29～9，28）。

按此作爲翻譯劇本，而非小說。原作者「邁依休」未詳何人。譯者徐傅霖（1881～1958），字卓呆，號半梅，以字行。江蘇吳縣人。有小說、戲劇、電影劇本多種。

174. y0704 薏波（新劇） 鄭申華女士譯 商務《婦女雜誌》第 3 卷第 8 號，1917，8，5。

按此作爲翻譯劇本，而非小說。未詳譯自何人何劇，待考。作者「鄭申華女士」生平事迹未詳，待考。

175. y0747 義節奇冤（世界新劇） 願 《圖畫日報》第 60～86 號，〔1909，10，14～11，9〕。

按此作爲新劇劇本，而非小說。作者「願」眞實姓名未詳，待考。

176. y0755 義民迹傳奇 璇三郎 《東莞旬報》第 1 期，黃帝紀元 4606，6，5（1908，7，3）。

按此作爲傳奇劇本，而非小說。作者李璇樞（約 1888～？），號璇三郎。廣東東莞人。李翰香第二子。幼童時即中秀才，後入廣東法政學堂讀書，受知於丁仁長。後受民主革命思潮影響，辦《東莞旬報》。

177. y0833 意中人（愛情喜劇） （英）王爾德著，薛琪瑛女士譯 《青年雜誌》第 1 卷第 2 號～《新青年》第 2 卷第 2 號，1915，10，15～1916，10，1。

按此作爲翻譯劇本，而非小說。

178. y0847 陰陽關異說傳奇（又名桃花女陰陽鬥傳）（4 卷，16 回） 不題撰人 聯益堂，道光 28（1848）。

按此作筆者未見，疑爲說唱曲本，而非小說。詳情待考。

179. y0901 銀瓶怨（新劇） （法）囂俄原著，東亞病夫（曾孟樸）譯 《小說月報》第 5 卷第 1～4 號，1914，4，25-7，25。

按此作爲翻譯劇本，而非小說。作者今譯雨果。譯者曾樸，字孟樸，筆名東亞病夫。江蘇常熟人。近代著名文學家。

180. y1069 瀛姝雙俠（彈詞體，軍事小說） 郢白 《江蘇白話報》乙巳第 1 期，光緒 31 乙巳 1（1905，2）。

按此作爲彈詞，而非小說。作者「郢白」眞實姓名未詳，待考。

181. y1301　餘興（新劇）　《餘興》第 1 期，1914，8。

按此作爲新劇劇本，而非小說。作者未詳，待考。

182. y1625　怨（三大悲劇之一）　（法）愛迦耐斯克黎勃博士原著，天笑（包公毅）、卓呆（徐築岩）同譯　《小說時報》增刊 1 號，宣統 3（1911）。

按此作爲翻譯劇本，而非小說。

183. y1657　岳家軍傳奇（軍事小說）　楊與齡　《南洋兵事雜誌》第 57 期，宣統 3，4（1911，5）。

按此作爲傳奇劇本，而非小說。作者楊與齡（1875～1953），原名珥珊，亦用名與齡、與令、太晚，自號買天翁。安徽黟縣人。晚年居江蘇鎮江。有戲曲《武士道傳奇》、《烏江恨傳奇》、《岳家軍傳奇》、《新桃花扇傳奇》等，並有其他文學作品及著作多種。

184. z0079　曾芳四傳奇（傳奇小說）　我佛山人（吳趼人）塡詞，儀隴山農（蔣子才）評點　《月月小說》第 1 年第 8～9 號，光緒 33，4，15～9，1（1907，5，26～10，7）。

185. z0080　曾芳四傳奇　我佛山人（吳趼人）　盧叔度主編《我佛山人文集》第 8 卷，廣州：花城出版社，1989，5。

186. z0081　曾芳四傳奇　吳趼人　海風主編《吳趼人全集》第 8 卷，哈爾濱：北方文藝出版社，1998，2。

按以上三種爲同一作品，係傳奇劇本，而非小說。作者吳沃堯，號趼人。廣東南海人。近代著名文學家。評點者「儀隴山農」蔣子才生平事迹未詳，待考。

187. z0125　戰後（悲劇）　（劉）半農　《中華小說界》第 3 年第 1～2 期，1916，1，1～2，1。

按此作爲話劇劇本，而非小說。作者劉復，字半農。

188. z0422　《芝龕記》（傳奇體，歷史小說）　董香岩　《江蘇白話報》乙巳第 1 期，光緒 31 乙巳 1（1905，2）。

按此作爲傳奇劇本，而非小說。作者董榕，字念青，號恒岩、定岩、謙山、漁山，別署繁露樓居士。河北豐潤人。清雍正、乾隆年間戲曲家。雍正十三年（1735）拔貢生，歷官金華、南昌、九江知府，有政聲。與蔣士銓、唐英友善。著有《芝龕記》、《湎陽集》等。此劇作者「董香岩」之署名疑不確。因此此作不僅並非小說，且不屬清末民初時期作品。

189. z0439　知足不辱（警世新劇）　鄭申華　商務《婦女雜誌》第 4 卷第 2 號，1918，2，5。

按此作爲新劇劇本，而非小說。

190. z0455　指南公傳奇　虞名　《河南》第 2 期，光緒 33，12，29（1908，2，1）。

按此作爲傳奇劇本，而非小說。作者「虞名」眞實姓名未詳，待考。自署「虞名」，中似含虛構假名之義。

191. z0507　中冓（美國名劇，原名 THIRD DEGREE）　小鳳述　《七襄》第 2～8 期，1914，11，17～1915，1，17。

按此作爲翻譯劇本，而非小說。原者未詳，待考。譯者當爲葉楚傖（1887～1946），原名宗源，號楚傖、簫引樓主，筆名小鳳、龍公等。以號楚傖行。江蘇吳縣周莊（今屬崑山）人。同盟會會員，南社社友。武昌起義後，參加北伐軍。與于右任、戴季陶、邵力子等先後創辦《民立報》、《民呼日報》、《大風報》、《生活日報》、《民國日報》等。1923 年與柳亞子等發起組織新南社。歷任國民黨中央宣傳部長。以後歷任國民黨上海執行部青年部長、婦女部長，廣州中央政治會議秘書長，江蘇省建設廳長、江蘇省政府秘書長、江蘇省政府主席，國民政府委員、中央宣傳委員會主任委員，立法院副院長，中國文藝社社長、中央出版事業管理委員會主任委員等。抗日戰爭勝利後，任蘇皖浙宣慰使。病逝於上海。擅詩文、小說、詞曲，亦長於小品文、筆記。

192. z0594　鐘樓怪人（囂俄歌劇）　（法）囂俄著，東亞病夫（曾孟樸）編譯　上海：眞美善書店，1928，11。

193. z0595　鐘樓怪人歌劇　（法）囂俄著，東亞病夫（曾孟樸）譯　上海：眞美善書店，1928，11。

按以上二種爲同一作品，係翻譯劇本，而非小說。作者今譯雨果。譯者曾樸，字孟樸，筆名東亞病夫。江蘇常熟人。近代著名文學家。

194. z0618　終身大事（遊戲的喜劇）　胡適　《新青年》第 6 卷第 3 號，1919，3，15，按此作爲話劇劇本，而非小說。爲早期話劇名作之一。

195. z0665　周嫣（紀事新劇）　鳳尉　《餘興》第 5 期，1915，2。

按此作爲新劇劇本，而非小說。作者「鳳慰」眞實姓名未詳，待考。

196. z0791　捉迷藏（新劇）　孟純譯　商務《婦女雜誌》第2卷第8號，1916，8，5。

按此作爲翻譯劇本，而非小說。原作者與原劇名未詳，待考。譯者「孟純」生平事迹未詳，待考。

197. z0867　自由花傳奇　天虛我生（陳蝶仙）　《著作林》第1～10期，1907？1908？

按此作爲傳奇劇本，而非小說。作者陳栩，號天虛我生。浙江錢塘（今杭州）人。近代著名文學家、實業家。詳見上文《花木蘭傳奇》條之介紹。

198. z0891　自由夢（新劇、哀劇、悲劇）　（徐）天嘯　《小說叢報》第1～4期，1914，5，1～1914，9。

按此作爲新劇劇本，而非小說。作者徐天嘯，生平事迹未詳，待考。

199. z0926　祖國（世界三大悲劇之一）　（法）柴爾時原著，冷（陳景韓）譯　《小說時報》第5～6期，宣統2，5，1～7，1（1910，6，7～8，5）。

按此作爲翻譯劇本，而非小說。譯者陳景韓，筆名冷、冷血，近代著名文學家。

200. z0927　祖國（世界三大悲劇之一）　柴爾時著，冷血（陳景韓）譯　上海：有正書局，1917，8。

按此作爲翻譯劇本，而非小說。譯者陳景韓，筆名冷、冷血，近代著名文學家。

201. z0928　祖國　舍我、西神　《小說月報》第9卷第5號，1918，5，25。

按此作爲新劇劇本，而非小說。作者「舍我」眞實姓名未詳，待考。另一作者「西神」，即王蘊章（1884～1942），字蓴農，號西神殘客，簡稱西神，又署西神王十三、梁溪蓴農。江蘇無錫人。近代著名文學家。

202. z0929　祖國（五幕）　（法）柴爾時原著，冷（陳景韓）譯　《中國近代文學大系》第11集第28卷翻譯文學集三，上海：上海書店，1991，4。

按此作爲翻譯劇本，而非小說。與上文所述同一作者之「世界三大悲劇之一」《祖國》爲同一作品。譯者陳景韓，筆名冷、冷血，近代著名文學家。

《中國近代小說編年》所錄傳奇劇本匡補

陳大康先生新著《中國近代小說編年》(上海:華東師範大學出版社,2002年 12 月),是中國近代小說研究的重要成果。這部洋洋四十四萬餘言的中國近代小說編年史,「著錄自道光二十年(1840)至宣統三年(1911)共七十二年有關小說創作的重要事件,其中包括新作品問世、已有作品再版、作家概況、重要理論論著、清政府關於小說的政策以及小說出版機構等。」〔註 1〕該書發掘並提供了關於中國近代小說創作與發表的大量原始材料,相當眞切全面地反映了中國近代小說創作與發表的情況,毫無疑問,它具有非常重要的學術價值,並將有力地推進中國小說史和中國近代文學研究,在相關學術領域發生重要的影響。

但是,智者千慮,或有一失,書中著錄了若干並不屬「小說」的作品,如傳奇劇本、花部戲曲、彈詞等,亦偶有羼入一般所認定的「近代」時期以前作品的現象。儘管清末民初時期的「小說」概念比後來要寬泛許多,大致可以包括今天所說的小說、戲劇和說唱文學在內,但是,按照作者在《凡例》和《前言》中揭示的體例構想,此書著錄的範圍應當是比較嚴格的現代意義上的「小說」,即應將並不屬今天所謂「小說」範圍的戲劇與說唱文學作品排除在外。以筆者淺見,出現這種情形的主要原因可能有三:其一,「小說」與「傳奇」兩個概念在中國近代文學史上的多義性和不確定性,給分辨一些作品帶來了實際操作上的困難,有時候,假如僅僅依靠檢索報刊目錄,而不是閱讀具體作品,很難準確判斷一些作品究竟是「小說」還是「傳奇」(戲曲);

〔註 1〕陳大康《凡例》,《中國近代小說編年》卷首,上海:華東師範大學出版社 2002年版。

其二，相關研究領域學術成果如中國近代報刊目錄、索引、文學作品全目等的極不充分，遠不系統，使中國近代小說編年這種基礎性研究工作可以借鑒參考的材料受到極大限制，也影響了這種工作的準確性和完善性；其三，中國近代報刊的數量極其浩繁，遠遠超出了許多人的想像，而且今天的收藏單位相對比較分散，有相當一部分仍處於鮮爲人知或塵封狀態，給檢索和閱讀工作造成了極大困難，這種異常艱辛繁難的工作遠非一兩位或數位研究者可以承擔並很好地完成。

下面擬就筆者所見知，按照原書的頁碼順序，將《中國近代小說編年》一書中所收錄的傳奇劇本列出，並對這些作品及其作者的情況做一簡要說明，以供修訂此書時參考（其他不屬小說者如花部戲曲等，因其比重很小，更因筆者對此無甚把握，本文暫不涉及）。容有未當之處，敬祈作者及其他方家鑒諒並指教。

1. 第 76 頁：「張道所著文言小說《梅花夢》二卷刊出。」

按張道《梅花夢》似應爲傳奇劇本，而非文言小說。光緒二十年（1894）刊。張道（1821～1862），原名炳傑，字伯幾，號少南，別署劫海逸叟。浙江錢塘（今杭州）人。

2. 第 89 頁：「《新民叢報》第一號刊載《劫灰夢傳奇》，作者署『如晦庵主人』。

按此作爲傳奇劇本。作者爲梁啓超，如晦庵主人爲其別署。

3. 第 90 頁：「《新民叢報》第十號開始連載《新羅馬傳奇》，至光緒三十年十月初一第五十六號畢，作者署『飲冰室主人（梁啓超）』。」第 129 頁：「《新民叢報》第五十六號連載《新羅馬傳奇》畢。」第 98 頁：「《廣益叢報》第三號開始連載《新羅馬傳奇》，至第六十四號畢，作者署『中國之新民（梁啓超）』。」第 132～133 頁：「《廣益叢報》第六十二至六十四號合刊本……連載《新羅馬傳奇》畢。」

按此作爲傳奇劇本。此劇版本甚多，如：《新民叢報》第十號至第十三號、第十五號、第二十號、第五十六號，1902 年 6 月 20 日至 1904 年 11 月 7 日。《遊戲報》1902 年 7 月 8 日至 12 月 23 日。《廣益叢報》第三號、第六十二、六十三、六十四號合刊本，1903 年 5 月 6 日、1905 年 1 月 20 日。又有《小說傳奇五種》本，上海：中華書局，1936 年。《分類精校飲冰室文集》本，上海：廣智書局，光緒三十一年十一月二十五日（1905 年 12 月 21 日）訂正三版發行，光緒三十三年正月二十六日（1907 年 3 月 10 日）訂正四版發行。《飲冰室文集類編》本，出版單位及時間未詳。林志鈞編《飲冰室合集》收錄，上海：中華書局，1936～1937 年初版；北京：中華書局，1989 年 3 月重印。阿英《晚清文學叢鈔·傳奇雜劇卷》收錄，北京：中華書局，1962 年 9 月。《中國近代文學大系·戲劇集一》收錄，上海：上海書店，1996 年 3 月。又有《中國古典文學名著分類集成·戲曲卷》所收本，天津：百花文藝出版社，1994 年 12 月。

4. 第 91 頁：「《新民叢報》第十四號刊載《愛國女兒傳奇》，作者署『東學界之一軍國民』。」

按此作爲傳奇劇本。作者眞實姓名未詳，待考。

5. 第 95 頁：「《新民叢報》第二十五號刊載《血海花傳奇》，作者署『玉瑟齋主人』。」

按此作爲傳奇劇本。作者麥仲華（1876～1956），字曼宣，號曼殊室主人、曼殊庵主人、璱齋、璱庵、玉瑟齋、璱齋主人、玉瑟齋主人。廣東順德人。麥孟華之弟，康有爲受業弟子，康有爲長女同薇之夫婿。

6. 第 100～101 頁：「《繡像小說》創刊號……開始連載《維新夢傳奇》，第一至六期作者署『惜秋』，第九期署『鄦士』，第十九至二十五期署『旅生』，第二十七至二十八期署『遯廬』。」

按此作爲傳奇劇本。阿英《晚清文學叢鈔·傳奇雜劇卷》收錄，北京：中華書局，1962 年 9 月。《中國近代文學大系·戲劇集一》收錄，上海：上海書店，1996 年 3 月。作者除惜秋可確定爲歐陽巨源外，鄦士、旅生和遯廬三人眞實姓名未詳，待考。

7. 第 103 頁：「《江蘇》第三期……刊載《新中國傳奇》，作者署『橫江健鶴』。」

按此作爲傳奇劇本。作者橫江健鶴眞實姓名未詳，待考。

8. 第 104～105 頁：「《國民日日報》開始連載《迴天偉婦傳奇》，至本月三十日畢，撰人不詳。」「《國民日日報》連載《迴天偉婦傳奇》畢。」

按此作未見，不詳其究屬傳奇劇本還是小說，姑存疑於此，待考。

9. 第 107 頁：「《江蘇》第六期刊載《革命軍傳奇》，作者署『浴血生』。」
按此作爲傳奇劇本。作者浴血生眞實姓名未詳，待考。

10. 第 107 頁：「《漢聲》（原名《湖北學生界》）第七、第八期合刊……刊載《陸陳痛傳奇》，標『政治小說』，未完，不題撰人。」第 378、396、466 頁著錄此劇亦均作「陸陳痛」。

按此作爲傳奇劇本。作者未詳。「陸陳痛」係「陸沉痛」之誤。此劇除刊於《漢聲》雜誌外，阿英編《晚清文學叢鈔・傳奇雜劇卷》亦收錄，北京：中華書局，1962 年 9 月。

11. 第 111 頁：「《新民叢報》第四十六號開始連載《學海潮傳奇》，至次年五月十五日第四十九號畢，作者署『春夢生』。」第 122 頁：「《新民叢報》第四十九號連載《學海潮傳奇》畢。」

按《學海潮傳奇》爲傳奇劇本，載《新民叢報》第四十六、四十七、四十八號合本、第四十九號（第三年第一號），1904 年 2 月 14 日、6 月 28 日。作者周祥駿（1870～1914），字仲穆，號更生，別署春夢生。江蘇睢寧人。說見梁淑安、姚柯夫《中國近代傳奇雜劇經眼錄》（北京：書目文獻出版社，1996 年）。夏曉虹指出作者「春夢生」當爲廖恩燾，見所撰論文《晚清外交官廖恩燾的戲曲創作》（載《學術研究》2007 年第 3 期）。二說相較，當以夏曉虹說爲是。

12. 第 116 頁：「《女子世界》第二期刊載《松陵新女兒傳奇》，作者署『安如』。」

按此作爲傳奇劇本。又載寅半生選輯《天花亂墜二集》卷六，武林崇實齋藏版，1905 年。後收入《磨劍室文錄》，上海：上海人民出版社，1993 年 12 月。《中國近代文學大系・戲劇集一》收錄，上海：上海書店，1996 年 3 月。作者柳亞子（1887～1958），原名慰高，字安如。

13. 第 120 頁：「《女子世界》第五期刊載《女中華傳奇》，作者署『大雄』」。

按此作爲傳奇劇本。又刊寅半生（鍾駿文）選輯《天花亂墜二集》卷六，武林崇實齋藏版，1905 年。作者「大雄」當係高增（1881～1943），字迪雲，號澹安、澹庵、卓庵，別署卓公、筠庵、佛子、大雄、覺佛、岫雲、秋士、東亞憤人。或云「吳魂」亦其別署，待考。江蘇金山（今屬上海市）人。有戲曲劇本《女中華傳奇》、《俠客傳奇》、《人天恨傳奇》、《血海恨傳奇》、《女英雄傳奇》、《活地獄傳奇》等，篇幅均不長。

14. 第 120 頁：「《覺民》第七期刊載《迷魂陣傳奇》，作者署『吳魂』。」第 122 頁：「《覺民》重出後第八期刊載《迷魂連傳奇》，作者署『吳魂』」。

按此作為傳奇劇本。又刊《〈覺民〉月刊整理重排本》，北京：社會科學文獻出版社，1996 年 5 月。作者吳魂眞實姓名未詳，或謂為高增（1881～1943）別署，待考。

15. 第 122 頁：「《覺民》重出後第一至五期合刊本所載小說：《俠客傳奇》，作者署『大雄』；《女英雄傳奇》，作者署『覺佛』」。

按此二者均為傳奇劇本。又刊《〈覺民〉月刊整理重排本》，北京：社會科學文獻出版社，1996 年 5 月。「大雄」、「覺佛」均為高增別署，高增生平事迹詳見上文《女中華傳奇》條。

16. 第 122 頁：「《覺民》重出後第八期刊載《迷魂連傳奇》，作者署『吳魂』；《人天恨傳奇》，作者署『秋士』。」

按此作為傳奇劇本。又刊《〈覺民〉月刊整理重排本》，北京：社會科學文獻出版社，1996 年 5 月。作者秋士為高增別署，高增生平事迹詳見上文《女中華傳奇》條。

17. 第 124 頁：「《女子世界》第八期刊載……《同情夢傳奇》，作者署『挽瀾』，陳淵創作時署『挽瀾女士』，此『挽瀾』不知是否為陳淵。」

按此作為傳奇劇本。作者「挽瀾」即陳伯平（1885～1907），原名師禮，又名淵，字墨峰，又字伯平，別署白萍、白萍生、伯萍、光復子、挽瀾女士等。浙江會稽（今紹興）人。幼習經史諸子百家之學，旁及詩古文辭，詩稿多散佚，僅存小說《海外扶餘》、《女英雄獨立傳》（未完）、《法國女英雄彈詞》、《同情夢傳奇》等。

18. 第 125 頁：「《覺民》第九、十期合本刊載《邯鄲夢傳奇》，作者署『鐵郎』」。

按此作為傳奇劇本。又有《〈覺民〉月刊整理重排本》，北京：社會科學文獻出版社，1996 年 5 月。作者鐵郎眞實姓名未詳，待考。

19. 第 127 頁：「《大陸報》第二年第九號刊載《維新夢傳奇》，不題撰人」。

按此作亦為傳奇劇本，雖亦題名《維新夢傳奇》，然與惜秋等人合著之同名傳奇無甚關聯，僅劇名相同而已。發表時不署姓名，作者頗難查考。

20. 第 136 頁：「《江蘇白話報》本年第一期刊載……《芝龕記》（傳奇體），

標『歷史小說』，作者署『董香岩』，未完。」

按《芝龕記》爲傳奇劇本，且不屬「中國近代」之作品。作者董榕，字念青，號恒岩、定岩、謙山、漁山，別署繁露樓居士。河北豐潤人。清雍正、乾隆年間戲曲家。雍正十三年（1735）拔貢生，歷官金華、南昌、九江知府，有政聲。與蔣士銓、唐英友善。著有《芝龕記》、《浭陽集》等。此劇作者「董香岩」之署名疑不確。因此此作不僅並非小說，且不屬清末民初時期作品。該刊僅刊載《芝龕記》第二十九齣《勤王》，以下未見。

21. 第 148 頁：「小說林社出版……《海天嘯傳奇》（一名《大和魂》），劉鈺著」。

按此作爲傳奇劇本。作者劉鈺，字步洲。江蘇江陰人。生卒年代及生平事迹未詳。據卷首作者《例言》，此劇原名《日東新曲》，由署名「熱血動物」者採入《揚子江白話報》時，改名《大和魂》，光緒三十二年丙午七月（1906年 8～9 月）小說林社再版時，又易名曰《海天嘯》，凡八齣。

22. 第 156 頁：「《復報》第一期……刊載《一家春傳奇》，作者署『碩果』。」

按此作爲傳奇劇本。作者眞實姓名未詳，待考。

23. 第 163～164 頁：「《月月小說》第一年第一號開始連載以下作品：……《維多利亞寶帶緣》，作者署『社員某（周桂笙）』，未完，後續載於第六號。」第 177～178 頁：「《月月小說》第一年第六號……連載《維多利亞寶帶緣》畢。」

按此作爲傳奇劇本，連載於《月月小說》第一號、第五號、第六號。又有鈔本。認定其作者「社員某」爲周桂笙未知何據，詳情待考。

24. 第 165 頁：「《民報》第九號刊載《海國英雄記》，作者署『浴日生』，未完，後續載於第十三號。」第 180 頁：「《民報》第十三號連載《海國英雄記》畢。」

按此作爲傳奇劇本。阿英《晚清文學叢鈔・傳奇雜劇卷》收錄，北京：中華書局，1962 年 9 月。作者眞實姓名未詳，待考。

25. 第 172 頁：「新小說社出版……《警黃鐘》，作者署『祈黃樓主人（洪炳文）』。」

按此作爲傳奇劇本，除新小說社出版本外，又載《新小說》第九號至第十七號，1904 年 8 月 6 日至 1905 年 6 月。阿英《晚清文學叢鈔・傳奇雜劇卷》

收錄，北京：中華書局，1962 年 9 月。黃希堅、俞爲民選注《近代戲曲選》收錄，上海：華東師範大學出版社，1995 年 4 月。

26. 第 178～179 頁：「《著作林》第一期刊載《自由花傳奇》，未完，續載於第二、四、十期，作者署『天虛我生（陳栩）』。《著作林》創刊於杭州。該刊不著出版年月，然光緒三十四年六月第十七期廣告有『月刊一冊，望日發行』之語，據此推知創刊於本月（引者按：指光緒三十三年二月，1907 年 3 月）。杭州著作林社印行，初爲木刻，自第七期改爲鉛印。倡辦及主編者爲錢塘陳栩（天虛我生）。」第 198 頁：「《著作林》第十期連載《自由花傳奇》畢。」

按此作爲傳奇劇本。作者陳栩（1879～1940），原名壽嵩，字昆叔，後改名栩，字栩園，號蝶仙，別署天虛我生、太常仙蝶、惜紅生、櫻川三郎、國貨之隱者。浙江錢塘（今杭州）人。晚清民國時期著名文學家、實業家。著述甚豐，且範圍頗廣，能詩詞、文章、小說、戲曲，兼擅詩詞曲評論、小說翻譯，有傳奇七種、彈詞二種、劇本八種、說部一百〇二種、雜著二十種。又，上引關於《著作林》的介紹有不確之處。該雜誌共出版二十二期，時間在 1907 年至 1908 年之間，其第一期至第十六期爲木刻版，在杭州編輯出版；至第十七期起改爲鉛印本，在上海編輯出版。

27. 第 180 頁：「《著作林》第二期刊載《桐花牋傳奇》，作者署『天虛我生（陳栩）』，未完，續載於第三至九、十一期。」

按此作爲傳奇劇本。又載《遊戲雜誌》第一期至第八期，1913 年至 1914 年。作者陳栩（1879～1940），詳見上文《自由花傳奇》條。

28. 第 198 頁：「《河南》第一期……刊載《巾幗魂傳奇》，撰人不詳。」

按此作爲傳奇劇本，發表時不屬作者姓名，作者已難以查考。

29. 第 200 頁：「《河南》第二期……刊載《指南公傳奇》，作者署『虞名』。」

按此作爲傳奇劇本。作者眞實姓名未詳，待考。

30. 第 207～208 頁：「《著作林》第十三期開始連載《花木蘭傳奇》，至第十六期畢，作者署『天虛我生陳蝶仙（陳栩）』」。

按此作爲傳奇劇本。《著作林》僅刊六齣，未完。除此刊本外，此劇又有：《消閒報》1897 年 11 月 24 日起連載；《申報》1914 年 8 月 30 日～10 月 23 日連載；《新神州雜誌》第一期，1913 年 5 月 15 日，僅刊第一齣、第二齣，未完。作者陳栩，生平事迹詳見上文《桐花牋傳奇》條。

31. 第 215 頁：「《東莞旬報》第一期刊載《義民迹傳奇》，未完，作者署『璇三郎』。」

按此作爲傳奇劇本。作者李璇樞（約 1888～？），號璇三郎。廣東東莞人。李翰香第二子。幼童時即中秀才，後入廣東法政學堂讀書，受知於丁仁長。後受民主革命思潮影響，辦《東莞旬報》。

32. 第 237 頁：「《南洋兵事雜誌》第三十期刊載《武士道傳奇》，標『軍事小說』，題『楊與齡來稿』，未完，後續載於第三十五期」。第 245 頁：「《南洋兵事雜誌》第三十五期連載《武士道傳奇》畢。」

按《烏江恨傳奇》和同一作者的《武士道傳奇》、《岳家軍傳奇》，發表時雖均標明「軍事小說」，但均爲傳奇劇本，而不屬小說。作者楊與齡（1875～1953），原名珥珊，亦用名與齡、與令、太晚，自號買天翁。安徽黟縣人。晚年居江蘇鎮江。有戲曲《武士道傳奇》、《烏江恨傳奇》、《岳家軍傳奇》、《新桃花扇傳奇》等，並有其他文學作品及著作多種。

33. 第 242 頁：「《揚子江小說報》第二期出版。……《六如亭》，標『傳奇小說』，署『張度西遺稿，石庵加評』。以上四篇均續載於第三至五期。」

按此作爲傳奇劇本。作者張九鉞（1721～1803），字度西。湖南湘譚人。《六如亭》傳奇有道光賜錦樓刊本。可見此作不僅非小說，而且不屬「中國近代」之作品。

34. 第 267 頁：「《南洋兵事雜誌》第四十五期刊載《烏江恨傳奇》，標『軍事小說』，作者署『楊與齡』，未完，後續載於第四十七期。」第 270 頁：「《南洋兵事雜誌》第四十七期連載《烏江恨傳奇》畢。」

按《烏江恨傳奇》和同一作者的《武士道傳奇》、《岳家軍傳奇》，發表時雖均標明「軍事小說」，但均爲傳奇劇本，而不屬小說。作者楊與齡生平事迹見上文《武士道傳奇》條。

35. 第 281 頁：「《廣益叢報》第二百五十七號開始連載《亡國恨傳奇》，至第二百六十一號畢，不題撰人。」第 284 頁：「《廣益叢報》第二百六十一號連載《亡國恨傳奇》畢。」第 380 頁亦將此劇列爲「撰人不詳之作品」。

按此作爲傳奇劇本。載《廣益叢報》第二百五十七號、第二百六十一號，

1911年2月28日、4月8日。此外又有漢口《中西日報》刊本，1910年。又有貢少芹之子貢鼎編校鉛印本，刊行於 1943 年 10 月之後，出版者未詳。阿英《晚清文學叢鈔・傳奇雜劇卷》據「原排印本」收錄，歸爲「無名氏」之作，北京：中華書局，1962年9月。作者實爲貢少芹（1879～1939），名璧，字少芹，以字行，別號天懺生，亦署天懺，晚號天懺老人。江蘇江都人。南社社員，鴛鴦蝴蝶派作家，與張丹斧、李涵秋有「揚州三傑」之稱。著作頗豐，戲曲創作有《哀川民傳奇》、《亡國恨傳奇》、《蘇臺柳傳奇》、《刀環夢傳奇》、《復辟夢傳奇》等。

36. 第285頁：「《南洋兵事雜誌》第五十七期刊載《岳家軍傳奇》，標『軍事小說』，作者署『楊與齡』。」

按除《岳家軍傳奇》外，楊與齡還作有《烏江恨傳奇》和《武士道傳奇》，發表時雖均標明「軍事小說」，但均爲傳奇劇本，而不屬小說。作者楊與齡生平事迹見上文《武士道傳奇》條。

37. 第287頁：「《廣益叢報》第二百七十號刊載《朝鮮李範晉殉國傳奇》，作者署『陸恩煦』。」

按作者陸恩煦，生平事迹未詳。除此劇外，尙作有《血手印》傳奇等。

38. 第292頁：「《小說月報》第二年第十一期刊載……《秋海棠傳奇》，至第二年第十二期畢，標『社會小說』，作者署『悲秋散人』。」

按此作爲傳奇劇本。又載《中華婦女界》第一卷第四期，1915年4月25日。又有石印本，1911年刊。作者洪炳文（1848～1918），字博卿，號棟園，別署花信樓主人、祈黃樓主、悲秋散人等。祖籍安徽歙縣，浙江瑞安人。著作頗豐，尤長於詩詞、戲曲。

39. 第330頁：《近代小說作者及其作品一覽表》：「烈公」：「《愛國魂傳奇》」。

按該書正文並索引中未見提及《愛國魂傳奇》。此作爲傳奇劇本，作者爲『川南筱波山人』，眞實姓名未詳，待考。標明此劇作者爲『烈公』，未知何據。《愛國魂傳奇》主要版本有：《新小說》第十九號至第二十四號（第二年第七號至第十二號），1905年8月至1906年1月。《廣益叢報》第七十七號、八十二號、八十三號、八十四號，1905年7月22日、9月8日、9月18日、9月28日。阿英《晚清文學叢鈔・傳奇雜劇卷》收錄，北京：中華書局，1962年9月。《中國近代文學大系・戲劇集一》收錄，上海：上海書店，1996年3月。

40. 第436頁：《近代小說出版情況一覽表》：上海《中國白話報》「光緒二十九年：……風洞山傳奇」。

按此作爲傳奇劇本，作者爲近代戲曲名家、曲學大師吳梅。此劇版本甚多，僅筆者所見即在十種以上，爲免繁瑣，茲不枚舉。

《晚清小說目錄》補正

劉永文編《晚清小說目錄》，由《期刊小說目錄》、《日報小說目錄》、《單行本小說目錄》、《報刊所登廣告》、《登載小說的報刊》、《以小說命名的出版社（表）》、《晚清小說年表》、《期刊小說索引》、《日報小說索引》、《登載小說報刊索引》和《單行本小說索引》十一個部分組成，上海古籍出版社 2008 年 11 月出版，六十七萬七千字。這是繼樽本照雄編《新編增補清末民初小說目錄》（濟南：齊魯書社，2002 年 4 月）之後又一部重要的晚清小說目錄著作。特別值得重視的是，此書對晚清刊載小說的期刊的著錄較以往的同類著作有明顯的拓展，對晚清報紙所刊小說的著錄也是此書的一大特色，提供了豐富的新文獻信息，也集中體現了此書的特色與水平。

但是，是書的不足也同樣明顯，主要表現在：其一，全書缺少從目錄學、文獻學角度的總體考慮和統籌安排，頗顯零亂，不便利用。全書內容分爲十一個部分，造成了兩個不良結果：一是同一種小說的信息經常被分割在多個部分中，過於零散，不便檢索利用；二是由於分類標準不夠合理，多有交叉，造成內容多有重複，不夠簡明，比如，《報刊所登廣告》、《登載小說的報刊》、《以小說命名的出版社（表）》等部分雖然提供了重要的小說文獻信息，但是這些部分的羼入，卻使全書的體例大受影響。其二，編者對「小說」及相關文體的概念把握不夠準確或不夠一致，造成實際操作中的失當或失誤。儘管晚清時期「小說」概念較當下要寬泛許多，可以包括今天一般所說小說、戲劇和說唱文學等俗文學形式在內，但是，按照此書的編輯體例，其著錄的範圍應當是現代意義上的「小說」。然而，書中卻著錄了許多並不屬「小說」的作品，如傳奇雜劇、新劇、班本、彈詞、詩歌等。另外，還誤收了若干雖發表於晚清時期的報刊，實際上是清中葉以前作家的創作，並非晚清時期的作品。

這種情況的出現，從客觀上看，主要是由於近代文學文獻種類空前豐富，數量極大，收藏分散，清理調查不易；而且相關研究不夠深入，不夠發達，可供憑藉的基礎不夠紮實，使此類工作的難度增大；從主觀上看，不能不說也是由於編者工作不夠紮實細緻，許多情況下主要是依靠有關報刊目錄進行著錄，對一些重要或稀見報刊和書籍未能親見，或未能仔細閱覽，對晚清時期文體概念、文體形態特別是對「小說」等概念的複雜性估計不足，致使判斷失誤。

茲據筆者之所見知，依原書頁碼與類別，將《晚清小說目錄》誤收的並非「小說」的作品列出，並對這些作品的種類歸屬、版本流傳及作者情況做一簡要考訂說明，以供修訂此書之參考，也希望爲利用此書的研究者提供一些盡可能準確的史實材料和研究信息，以利於相關研究的進展。

1. 第 7 頁《新民叢報》:「《劫灰夢傳奇》，第一號，光緒二十八年正月初一日（1902 年 2 月 8 日）載，作者：如晦庵主人。」第 495 頁《晚清小說年表》中再度出現此劇。

按此作爲傳奇劇本，而非小說。作者梁啓超（1873～1929），字卓如，號任公，別署如晦庵主人、飲冰室主人。廣東新會人。

2. 第 7 頁《新民叢報》:「《新羅馬傳奇》，第十號至第五十六號，光緒二十八年五月十五日（1902 年 6 月 20 日）至光緒三十年十月初一日（1904 年 11 月 7 日）載，作者：飲冰室主人。」第 495 頁《晚清小說年表》中再度出現此劇。

按此作係傳奇劇本，而非小說。作者梁啓超（1873～1929），字卓如，號任公，別署如晦庵主人、飲冰室主人。廣東新會人。此劇雖未完，然版本甚多。上文所述此劇發表於《新民叢報》情況不確，爲更正如下：《新民叢報》第十號至第十三號、第十五號、第二十號、第五十六號，1902 年 6 月 20 日至 1904 年 11 月 7 日。

3. 第 7 頁《新民叢報》:「《愛國女兒傳奇》，作者：東學界之一軍國民，第十四號，1902 年 8 月 18 日（光緒二十八年七月十五日）載。」第 495 頁《晚清小說年表》中再度出現此劇。

按此作爲傳奇劇本，而非小說。作者署「東學界之一軍國民」，當係在日本留學之一青年人，眞實姓名未詳，待考。

4. 第 7 頁《新民叢報》:「《血海花傳奇》，第二十五號，光緒二十九年正月十四日（1903 年 2 月 11 日）載，作者：玉瑟齋主人。」第 498 頁《晚清小說年表》中再度出現此劇。

按此作爲傳奇劇本，而非小說。作者麥仲華（1876～1956），字曼宣，號曼殊室主人、曼殊庵主人、璱齋、璱庵、玉瑟齋、璱齋主人、玉瑟齋主人。廣東順德人。麥孟華之弟，康有爲受業弟子，康有爲長女同薇夫婿。

5. 第 7 頁《新民叢報》:「《學海潮傳奇》，第四十六、第四十七、第四十八號、第四十九號，光緒二十九年十二月二十九日（1904 年 2 月 14 日）至光緒三十年五月十五日（1904 年 6 月 28 日）載，作者：春夢生。」第 505 頁《晚清小說年表》中再度出現此劇。

按此作爲傳奇劇本，而非小說。作者「春夢生」，梁淑安認爲係周祥駿（1870～1914），字仲穆，號更生，別署春夢生。江蘇睢寧人。見梁淑安、姚柯夫《中國近代傳奇雜劇經眼錄》（北京：書目文獻出版社，1996 年）。夏曉虹指出作者爲廖恩燾，見所撰論文《晚清外交官廖恩燾的戲曲創作》（載《學術研究》2007 年第 3 期）。二說相較，當以夏曉虹說爲是。

6. 第 13 頁《大陸報》:「《維新夢傳奇》，第二年第九號，光緒三十年九月二十日（1904 年 10 月 28 日）載，未題撰者。」第 510 頁《晚清小說年表》中再度出現此劇。

按此作爲傳奇劇本，而非小說。發表時不署姓名，作者已難查考。

7. 第 16 頁《湖北學生界》:「《陸陳痛傳奇》，第七期，光緒二十九年八月朔日（1903 年 9 月 21 日），未標撰者，標『政治小說』。」第 501 頁《晚清小說年表》中再度出現此劇。

按此作爲傳奇劇本，而非小說。作者未詳。「陸陳痛」係「陸沉痛」之誤，查檢原刊即可知。

8. 第 19 頁《廣益叢報》:「《風洞山傳奇》，第三十四號，光緒三十年三月初十日（1903 年 4 月 25 日）載，未題撰者。」第 499 頁《晚清小說年表》中再度出現此劇。

按此作爲傳奇劇本，而非小說。該期《廣益叢報》爲甲辰第 2 期，發表時署「江東逋飛癯龕」，即吳梅（1884～1939），字瞿安，亦作癯安、癯龕，一字靈鳷，號霜厓，別署吳呆、江東浦飛、長洲呆道人、東籬詞客，室名奢摩他室、百嘉室。江蘇長洲（今蘇州）人。

9. 第 19 頁《廣益叢報》:「《新羅馬傳奇》，第六十二、六十三、六十四號合本，光緒三十年臘月十五日（1905 年 1 月 20 日）載，作者：中國之新民。」

按此作爲傳奇劇本，而非小說。作者「中國之新民」即梁啓超。上述情況不準確，此劇發表於《廣益叢報》第三號、第六十二、六十三、六十四號合刊本，1903 年 5 月 6 日、1905 年 1 月 20 日。

10. 第 19 頁《廣益叢報》:「《長樂老》（班本），第六十八號，1905 年 4 月 9 日載，作者：隱伶汪笑儂。」

按此作已標明「班本」，爲花部劇本，而非小說。作者汪笑儂（1858～1918）。

11. 第 19 頁《廣益叢報》:「《愛國魂傳奇》，第七十七號至第八十四號，光緒三十一年六月二十日（1905 年 7 月 22 日）至光緒三十一年六月二十日（1905 年 9 月 28 日）載，作者：川南筱波山人。」第 519 頁《晚清小說年表》中再度出現此劇。

按此作爲傳奇劇本，而非小說。作者署「川南筱波山人」，眞實姓名未詳，待考。

12. 第 20 頁《廣益叢報》:「《明末逸民賈鳧西先生鼓詞》，第一百零五號，1906 年 5 月 13 日始載，作者：木皮散人賈鳧西。」第 529 頁《晚清小說年表》中再度出現此曲。

按此作爲鼓詞曲本，而非小說，且不屬晚清時期作品。作者賈鳧西（約 1590～1675），名應寵，字思退。山東曲阜人。明末清初著名鼓詞作家。

13. 第 21 頁《廣益叢報》:「《烈士魂》，第一百六十號，光緒三十三年十二月初十日（1908 年 1 月 13 日）載，未題撰者。」第 567 頁《晚清小說年表》中再度出現此劇。

按此作乃曲牌聯套體戲曲，爲傳奇劇本，而非小說。作者未詳，已難查考。

14. 第 24 頁《廣益叢報》:「《大陸夢傳奇》，第二百三十號，宣統二年三月二十日（1910 年 4 月 29 日）載，未題撰者。」第 632 頁《晚清小說年表》

中再度出現此劇。

按此作爲疑係傳奇劇本，當非小說。原刊未見，詳情待考。

15. 第 24 頁《廣益叢報》:「《亡國恨傳奇》，第二百五十七號至第二百六十一號，宣統三年正月三十日（1911 年 2 月 28 日）至宣統三年三月初十日（1911 年 4 月 8 日）載，未題撰者。」第 648 頁《晚清小說年表》中再度出現此劇。

按此作爲傳奇劇本，而非小說。發表時署「江都貢少芹」。作者貢少芹（1879～1939），名璧，字少芹，以字行，別號天懺生，亦署天懺，晚號天懺老人。江蘇江都人。南社社員，鴛鴦蝴蝶派作家，與張丹斧、李涵秋有「揚州三傑」之稱。有《哀川民傳奇》、《亡國恨傳奇》、《蘇臺柳傳奇》、《刀環夢傳奇》和《復辟夢傳奇》等。阿英《晚清戲曲小說目》（上海：古典文學出版社，1957 年）之《補遺》中著錄此劇，云係「佚名著」。阿英《晚清文學叢鈔・傳奇雜劇卷》（北京：中華書局，1962 年）據「原排印本」收錄，歸爲「無名氏」之作，後遂有多種著作沿用此劇作者「佚名」、「無名」之說，以往學界蓋未知曉貢少芹即爲此劇之作者。除《廣益叢報》本外，此劇又有漢口《中西日報》刊本，1910 年。又有貢少芹之子貢鼎編校鉛印本，刊行於 1943 年 10 月之後，出版者未詳。

16. 第 25 頁《廣益叢報》:「《朝鮮李範晉殉國傳奇》，第二百七十號，宣統三年六月初十日（1911 年 7 月 5 日）載，作者：陸恩煦。」

按此作爲傳奇劇本，而非小說。作者陸恩煦，生平事迹未詳。除此劇外，此人尙作有《血手印》傳奇等。

17. 第 26 頁《江蘇》:「《新中國傳奇》，第四期，1903 年 6 月 25 日載，作者：橫江健鶴。」第 500 頁《晚清小說年表》中再度出現此劇。

按此作爲傳奇劇本，而非小說。作者「橫江健鶴」眞實姓名未詳，待考。

18. 第 26 頁《江蘇》:「《革命軍傳奇》，第六期，1903 年 9 月 21 日載，作者：浴血生。」第 501 頁《晚清小說年表》中再度出現此劇。

按此作爲傳奇劇本，而非小說。作者「浴血生」眞實姓名未詳，待考。

19. 第 27 頁《繡像小說》:「《維新夢傳奇》，第一期，癸卯五月初一日（1903 年 5 月 29 日）始載，作者：惜秋。」第 500 頁《晚清小說年表》中再度出現此劇。

按此作為傳奇劇本，而非小說。載《繡像小說》第一期至第二十八期，癸卯五月初一日至甲辰五月十五日（1903 年 5 月 27 至 1904 年 6 月 28 日）。癸卯五月初一日為 1903 年 5 月 27 日，上文「5 月 29 日」誤。署「惜秋塡詞、鵬士倚聲、旅生續稿、遯廬」，除「惜秋」可確定為歐陽巨源外，「鵬士」、「旅生」和「遯廬」三人眞實姓名均未詳，待考。

20. 第 27 頁《繡像小說》:「《童子軍傳奇》，第二十九期，甲辰六月（1904 年 7 月）始載，作者：遯廬。」第 508 頁《晚清小說年表》中再度出現此劇。
    按此作為傳奇劇本，而非小說。載《繡像小說》第二十九期至第五十四期，1904 年 7 月至 1905 年 7 月。作者「遯廬」眞實姓名未詳，與上文《維新夢傳奇》作者之一「遯廬」當係同一人，詳情待考。

21. 第 29～30 頁《覺民》:「《迷魂陣傳奇》，第七期，甲辰年五月（1904 年 6 月 8 日）載，作者：吳魂。」第 507 頁《晚清小說年表》中再度出現此劇。

按此作為傳奇劇本，而非小說。作者「吳魂」眞實姓名未詳。或認為係高增（1881～1943）別署，尚難確認，待考。

22. 第 30 頁《覺民》:「《俠客傳奇》，第一至第五期合本，甲辰五月二十五日（1904 年 7 月 8 日）載，作者：大雄。」第 508 頁《晚清小說年表》中再度出現此劇。

按此作為傳奇劇本，而非小說。據原刊本所標識，甲辰五月二十五日（1904 年 7 月 8 日）出版的《覺民》第一期至第五期合本為「再版」本，其初刊本未見。作者高增（1881～1943），字迪雲，號澹安、澹庵，「別署大雄、秋士、覺佛、迪雲、筠庵、東亞憤人等」。〔註 1〕或云「吳魂」亦其別署，待考。江蘇金山（今屬上海市）人。有《女中華傳奇》、《俠客傳奇》、《人天恨傳奇》、《血海恨傳奇》、《女英雄傳奇》、《活地獄傳奇》等戲曲多種，篇幅均不長。

23. 第 30 頁《覺民》:「《女英雄傳奇》，第一至第五期合本，甲辰五月二十五日（1904 年 7 月 8 日）載，作者：覺佛。」第 508 頁《晚清小說年表》中再度出現此劇。

按此作為傳奇劇本，而非小說。據原刊本所標識，甲辰五月二十五日（1904

〔註 1〕梁淑安、姚柯夫《中國近代傳奇雜劇經眼錄》，北京：書目文獻出版社 1996 年版，第 125 頁。

年 7 月 8 日）出版的《覺民》第一期至第五期合本爲「再版」本，其初刊本未見。作者「覺佛」，梁淑安、姚柯夫認爲係高增，見所著《中國近代傳奇雜劇經眼錄》（北京：書目文獻出版社，1996 年）。

24. 第 30 頁《覺民》：「《人天恨傳奇》，第八期，1904 年 7 月 8 日載，未題撰者。」第 508 頁《晚清小說年表》中再度出現此劇。

按此作爲傳奇劇本，而非小說。作者署「秋士」。梁淑安、姚柯夫認爲作者爲高增，見所著《中國近代傳奇雜劇經眼錄》（北京：書目文獻出版社，1996 年）。

25. 第 34 頁《女子世界》：「《松陵新女兒傳奇》，第二期，甲辰新正月元旦日（1904 年 2 月 16 日）載，作者：安如。」第 505 頁《晚清小說年表》中再度出現此劇。

按此作爲傳奇劇本，而非小說。作者安如，即柳亞子（1887～1958），原名慰高，字安如；改名人權，字亞盧；又改名棄疾，字亞子。著作編爲《柳亞子文集》，含《磨劍室詩詞集》、《磨劍室文錄》、《南社紀略》、《蘇曼殊研究》、《書信輯錄》、《南明史料》等，上海：上海人民出版社，1985～1993 年出版。

26. 第 34 頁《女子世界》：「《女中華傳奇》，第五期，甲辰四月朔日（1904 年 5 月 15 日）載，作者：大雄。」第 506 頁《晚清小說年表》中再度出現此劇。

按此作爲傳奇劇本，而非小說。作者「大雄」，梁淑安、姚柯夫認爲係高增，見所著《中國近代傳奇雜劇經眼錄》（北京：書目文獻出版社，1996 年）。

27. 第 37 頁《安徽俗話報》：「《自由花彈詞》，1905 年 6 月 3 日載，作者：棠樾村人。」第 518 頁《晚清小說年表》中再度出現此曲。

按此作爲彈詞曲本，而非小說。作者「棠樾村人」，眞實姓名未詳，待考。

28. 第 37 頁《萃新報》：「《冥鬧》（傳奇體），第四期，光緒甲辰七月初一日（1904 年 8 月 11 日）載，作者：蔣鹿山。」第 508 頁《晚清小說年表》中再度出現此劇。

按此作爲傳奇劇本，而非小說。初載《新小說》第二號，1902 年 12 月 14 日；又載《萃新報》第四期，1904 年 8 月 11 日。又有與《歎老》同附於《警黃鐘傳奇》後之合訂單行本，新小說社出版，1906 年。作者「蔣鹿山」，浙江蘭溪人，生平事迹未詳。據《蘭溪市志》載：「蔣倬章（1848～1925），又名鹿珊、六山、樂山。水閣鄉水閣塘村人。十三歲中秀才，有神童之譽。及長，鄙視功名利祿，以鬻文取得川資，遍遊中原、華北各省，考察民情及求師訪友，以求匡國扶民」；「擅詩，風格豪邁。著作有《春暉堂文集》十卷，《梅溪詩話》十卷，《嵩陽雜俎》八卷，《六三曲譜》四卷，《鐵甲山人詩廚》二十卷。疊經變遷，除零星小詩外俱已散失無存。」

29. 第 38 頁《新新小說》：「《秣陵春傳奇》（一名《雙影記》），第一年第一號至第三年第十號，光緒三十年八月初一日（1904 年 9 月 10 日）至光緒三十三年四月初一日（1907 年 5 月 12 日）載，作者：明末大文學家吳梅村先生遺稿，未完，標『寫情小說』。」第 509 頁《晚清小說年表》中再度出現此劇。

  按此作爲傳奇劇本，而非小說，且不屬晚清時期作品。作者吳偉業（1609～1671），字駿公，號梅村。江蘇太倉人。

30. 第 40 頁《江蘇白話報》：「《芝龕記》（傳奇體），〔乙巳〕第一期，光緒三十一年乙巳歲正月（1905 年 2 月）載，作者：董香岩，未完，標『歷史小說』。」

  按此作爲傳奇劇本，而非小說，且不屬晚清時期作品。作者董榕，字念青，號恒岩、定岩、謙山、漁山，別署繁露樓居士。河北豐潤人。清雍正、乾隆年間戲曲家。雍正十三年（1735）拔貢生，歷官金華、南昌、九江知府，有政聲。與蔣士銓、唐英友善。著有《芝龕記》、《浭陽集》等。此劇作者「董香岩」之署名疑不確。因此此作不僅並非小說，且不屬清末民初時期作品。

31. 第 51 頁《復報》：「《一家春傳奇》，第一期，1906 年 5 月 8 日載，作者：碩果。」第 529 頁《晚清小說年表》中再度出現此劇。

  按此作爲傳奇劇本，而非小說。作者「碩果」眞實姓名未詳，待考。

32. 第 51 頁《復報》：「《眾安橋雜劇》，第四期，1906 年 9 月 3 日載，作者：敵公。」

  按此作名爲「雜劇」，並非曲牌聯套體劇本，實係說唱曲本，而非小說。作者「敵公」，眞實姓名未詳，待考。

33. 第 51 頁《復報》：「《血海恨傳奇》，第六期，1906 年 11 月 11 日載，作者：佛子。」第 534 頁《晚清小說年表》中再度出現此劇。

按此作爲傳奇劇本，而非小說。作者「佛子」，梁淑安、姚柯夫認爲係高增，見所著《中國近代傳奇雜劇經眼錄》（北京：書目文獻出版社，1996 年）。

34. 第 53 頁《新世界小說社報》：「《衍波箋傳奇》，第 2 期，丙午六月二十五日，戲劇。」

按此作爲傳奇劇本，而非小說。一名《璇宮夢傳奇》，載《新世界小說社報》第一期、第二期，1906 年 7 月 16 日、8 月 14 日。作者「十萬護花鈴謁者」，眞實姓名未詳，待考。

35. 第 53 頁《新世界小說社報》：「《麝塵香傳奇》，第 3 期，作者未標，戲劇。」

按此作爲傳奇劇本，而非小說。載《新世界小說社報》第三期、第四期，1906 年。未署作者姓名。

36. 第 54 頁《南洋兵事雜誌》：「《武士道傳奇》，第三十期至第三十五期，宣統元年二月（1909 年 3 月）至宣統元年六月（1909 年 7 月）載，作者：楊與齡，未完，短篇，標『軍事小說』。」第 604 頁《晚清小說年表》中再度出現此劇。

按此作爲傳奇劇本，而非小說。作者楊與齡，生平事迹未詳，待考。作者楊與齡（1875～1953），原名珥珊，亦用名與齡、與令、太晚，自號買天翁。安徽黟縣人。晚年居江蘇鎭江。有戲曲《武士道傳奇》、《烏江恨傳奇》、《岳家軍傳奇》、《新桃花扇傳奇》等，並有其他文學作品及著作多種。此人曾在出版於 1909 年至 1911 年間的多期《南洋兵事雜誌》上發表多種著作，除《武士道傳奇》、《烏江恨傳奇》、《岳家軍傳奇》三種外，尙有詩歌《塞上曲四首》、《塞下曲四首》、《和黃家濂君從軍樂謹步原韻》、《集古詩句和壽州李鐸君從戎詩十四首並限用原韻》、《詠史一百二十首》、《軍國民歌》、《歲暮從軍》、《戰場新詠四首》、《弔韓國烈士歌》、《感時七律六首》等，「軍事小說」《步兵戰鬥義勇軍》、《中國戰爭未來記》、《中國之哥侖布》，隨感語錄《精神講話》，學術文章與著作《中國歷代兵制考》、《說空中飛行器及關於軍用之利害》、《中國馬政之沿革》等。

37. 第 55 頁《南洋兵事雜誌》：「《烏江恨傳奇》，第四十五期，宣統元年十二月（1910 年 1 月）載，作者楊與齡，標『軍事小說』。」第 611 頁《晚清小說年表》中再度出現此劇。

按此作爲傳奇劇本，而非小說。有關情況見上文《武士道傳奇》條。作者楊與齡生平事迹，見上文《武士道傳奇》條。

38. 第 55 頁《南洋兵事雜誌》:「《岳家軍傳奇》，第五十七期，宣統三年四月（1911 年 5 月）載，作者：楊與齡，未完，標『軍事小說』。」第 650 頁《晚清小說年表》中再度出現此劇。

按此作爲傳奇劇本，而非小說。作者楊與齡生平事迹，見上文《武士道傳奇》條。

39. 第 71 頁《著作林》:「《自由花傳奇》，第一期至第十期載，作者：天虛我生。」

按此作爲傳奇劇本，而非小說。載《著作林》第一期至第五期，1906 年至 1907 年。作者「天虛我生」，即陳栩（1879～1940），原名壽嵩，一作壽同、嵩壽，字昆叔，後改名栩，字栩園，號蝶仙，別署天虛我生、太常仙蝶、惜紅生、櫻川三郎、國貨之隱者。浙江錢塘（今杭州）人。近代著名文學家、實業家。著述甚豐，且範圍頗廣，有傳奇七種、彈詞二種、劇本八種、說部一百○二種、雜著二十種。所作傳奇七種爲:《桃花夢》、《落花夢》、《花木蘭》、《桐花牋》、《自由花》、《媚紅樓》和《白蝴蝶》。

40. 第 71 頁《著作林》:「《桐花牋傳奇》，第二期至第十一期載，作者：天虛我生。」

按此作爲傳奇劇本，而非小說。此劇連載於《著作林》第二期至第九期，第十一期又載《傳概》一齣，約 1907 年。作者「天虛我生」，即陳栩。詳見上文《自由花傳奇》條。

41. 第 71 頁《著作林》:「《花木蘭傳奇》，第十三期至第十六期載，作者：天虛我生陳蝶仙。」

按此作爲傳奇劇本，而非小說。載《著作林》第十四期至第十六期，約 1907 年至 1908 年。作者「天虛我生陳蝶仙」，即陳栩。詳見上文《自由花傳奇》條。

另外，《晚清小說目》介紹《著作林》雜誌有云:「杭州著作林社印行，初係木刻，第七期改爲鉛印。」此言不確。該雜誌共出版二十二期，時間當在 1906 年至 1908 年之間，第一期至第十六期爲木刻版，在杭州編輯出版；至第十七期起改爲鉛印本，在上海編輯出版。

42. 第 89 頁《東莞旬報》:「《義民迹傳奇》，第一期，1908 年 7 月 3 日載，作者：璇三郎，未完。」第 581 頁《晚清小說年表》中再度出現此劇。

按此作爲傳奇劇本，而非小說。作者「璇三郎」，即李璇樞（約 1888～？），號璇三郎。廣東東莞人。李翰香第二子。幼童時即中秀才，後入廣東法政學堂讀書，受知於丁仁長。後受民主革命思潮影響，辦《東莞旬報》。該刊僅見第一期。

43. 第 94 頁《揚子江小說報》：「《六如亭》，第二期至第五期，宣統元年五月一日（1909 年 6 月 18 日）至宣統元年八月一日（1909 年 9 月 14 日）載，作者：張度西，未完。」第 611 頁《晚清小說年表》中再度出現此劇。

按此作爲傳奇劇本，而非小說，且不屬晚清時期作品。署「張度西遺稿，石庵加評」，作者「張度西」，即張九鉞（1721～1803），字度西。湖南湘譚人。主要生活於清乾隆、嘉慶年間。評點者「石庵」眞實姓名未詳，待考。

44. 第 94 頁《揚子江小說報》：「《俠女魂》，第二期至第五期，宣統元年五月一日（1909 年 6 月 18 日）至宣統元年八月一日（1909 年 9 月 14 日）載，作者：蔣景緘，未完。」第 611 頁《晚清小說年表》中再度出現此劇。

按此作爲雜劇劇本，而非小說。此劇由《足冤》、《拒煙》、《探獄》、《兵解》和《贈金》五折構成。作者蔣景緘，創作小說、戲劇多種，爲清末民國時期重要文學家，然其生平事迹未詳，待考。

45. 第 113 頁《申報》：「《血淚痕傳奇》，1907 年 4 月 14 號，作者：王無生，標『悲劇第一種』，爲戲劇，1907 年 12 月 10 號完。」第 546 頁《晚清小說年表》中再度出現此劇。

按此作爲傳奇劇本，而非小說。《申報》1907 年 4 月 14 日、21 日、28 日，5 月 12 日、19 日、26 日，10 月 14 日、17 日、21 日、24 日、28 日、31 日，11 月 4 日、7 日、11 日、14 日、16 日、21 日，12 月 10 日刊出上卷，凡十齣；1908 年 3 月 24 日、25 日、26 日、27 日、28 日，4 月 29 日、30 日，5 月 4 日、6 日刊出下卷，僅二齣，似未完，未見續刊。作者王無生，即王鍾麒（1880～1914），字毓仁，一作郁仁，號旡生生、旡生，一作無生，別署天僇、天僇生、僇民、大哀、益厔、三函、蹈海子、一塵不染等。祖籍安徽歙縣，生於江蘇江都（今揚州）。著作頗豐，有戲曲《血淚痕傳奇》、《窮民淚傳奇》、《藤花血傳奇》、《民立報新劇》、《斷腸花傳奇》（末一種未見），又有小說、戲劇理論文章《論小說與改良社會之關係》、《中國歷代小說史論》、《中國三大家小說論贊》、《劇場之教育》、《論戲曲改良與群治之關係》等。

46. 第 117 頁《申報》:「《窮途淚傳奇》(戲劇),1909 年 6 月 18 號,作者:朗。」第 611 頁《晚清小說年表》中再度出現此劇。

按此作爲傳奇劇本,而非小說。載《申報》1909 年 6 月 18 日、6 月 19 日。作者「朗」,眞實姓名未詳,待考。

47. 第 118 頁《申報》:「《愛國淚傳奇》(戲劇),1910 年正月 18 號,作者:蕭山湘靈子,標『歷史小說』。」第 628 頁《晚清小說年表》中再度出現此劇。

按此作爲傳奇劇本,而非小說。載《申報》1910 年 1 月 18 日至 21 日、25 日、26 日。僅刊二齣,未完,未見續刊。作者「蕭山湘靈子」,即韓茂棠(1868～1939),字柏谿,又作伯谿、伯憩,號天嘯,筆名湘靈子、海天樓主。浙江蕭山縣(今杭州市蕭山區)人。清光緒年間秀才,在杭州、嵊縣一帶做訪員(記者),後任上海大同書局編輯。能詩,作品頗豐。有《軒亭秋傳奇》、《愛國淚傳奇》、《鐵血關傳奇》(後者未見)等。

48. 第 122 頁《申報》:「《賞中秋傳奇》(戲劇),1911 年 10 月 6 號,作者:馮赭承塡詞,登自由談欄目。」第 662 頁《晚清小說年表》中再度出現此劇。

按此作爲傳奇劇本,而非小說。載《申報》1911 年 10 月 6 日(宣統三年辛亥八月十五日)。僅刊第一齣《玩月》,未見續刊。作者馮緒承,生平事迹未詳,待考。上文「赭」爲「緒」之誤。此劇又刊《時報》附刊《滑稽時報》第 122 號,1911 年 10 月 7 日(宣統三年辛亥八月十六日)。署「旅滬馭公塡詞」。

49. 第 154 頁《時報》:「《賞中秋傳奇》(戲劇),1911 年 10 月 7 號,旅滬馭公塡詞,登於『滑稽時報』欄。」第 662 頁《晚清小說年表》中再度出現此劇。

按此作爲傳奇劇本,而非小說。載《時報》附刊《滑稽時報》第 122 號,1911 年 10 月 7 日(宣統三年辛亥八月十六日)。署「旅滬馭公塡詞」,即「旅滬寓公」之意,可見作者並非上海人,當時寄居上海。此劇又載《申報》1911 年 10 月 6 日(宣統三年辛亥八月十五日)。僅刊第一齣《玩月》,未見續刊。作者馮緒承,生平事迹未詳,待考。

50. 第 162 頁《漢口中西報》:「《新洛陽縣》(又名《新小上墳》),1909 年 4

月 25 號，未題撰者，標『時事新劇』，登於《漢口見聞錄》短篇小說欄內。」

按此作當爲早期話劇劇本，而非小說。原作未見，詳情待考。

51. 第 163 頁《南方報》:「《海嶠春傳奇》，1905 年 8 月 31 號，登於小說欄，在小說欄後標明『二種曲本』，是戲劇。」第 520 頁《晚清小說年表》中再度出現此劇。

按此作爲傳奇劇本，而非小說。原作未見，詳情待考。

52. 第 171 頁《神州日報》:「《媧皇魂》，1907 年 11 月 16 號，作者：王無生，標『時事新劇』，1907 年 11 月 18 日在小說欄中又登該劇。」

按此作當爲早期話劇劇本，而非小說。作者王無生，即王鍾麒。詳見上文《血淚痕傳奇》條。

53. 第 171 頁《神州日報》:「《買路錢》，1907 年 11 月 24 號，作者：王無生，標『時事新劇』。」

按此作當爲早期話劇劇本，而非小說。作者王無生，即王鍾麒。詳見上文《血淚痕傳奇》條。

54. 第 171 頁《神州日報》:「《烈士魂》，1907 年 12 月 2 號，作者：王無生，標『時事新劇』。」

按此作當爲早期話劇劇本，而非小說。作者王無生，即王鍾麒。詳見上文《血淚痕傳奇》條。

55. 第 171 頁《神州日報》:「《鴛鴦劫》，1907 年 12 月 29 號，作者：王無生，標『時事新劇』。」

按此作當爲早期話劇劇本，而非小說。作者王無生，即王鍾麒。詳見上文《血淚痕傳奇》條。

56. 第 206 頁《民立報》:「《亡國奴傳奇》，1911 年 7 月 14 號，作者：老談，登第 6 頁雜錄部欄，未標小說。」第 655 頁《晚清小說年表》中再度出現此劇。

按此作爲傳奇劇本，而非小說。載《民立報》1911 年 7 月 14 日（第 270 號）至 9 月 6 日（第 324 號）。作者「老談」，即談善吾（1868～1937），又名談治、談長治，別號談老談，筆名老談。江蘇無錫人，一作安徽人。嘗主《民呼日報》、《民吁日報》和《民立報》三報筆政。南社社員。長於小說、戲劇。

有《亡國奴傳奇》、《剖心記傳奇》等。

57. 第 206 頁《民立報》:「《剖心記傳奇》(戲劇),1912 年 2 月 22 號,作者:老談,登第 6 頁雜錄部欄,未標小說。」第 559 頁《晚清小說年表》中再度出現此劇。

按此作爲傳奇劇本,而非小說。載《民立報》1912 年 2 月 22 日(第 486 號)至 6 月 13 日(第 598 號)。作者「老談」,即談善吾。詳見上文《亡國奴傳奇》條。將《剖心記傳奇》與《開國奇冤傳奇》相較可知,二者實爲同一作品。而且,從作品反映出來的情況看,此劇似是先稱《剖心記傳奇》,並發表於《民立報》,是爲此劇之初刊本,中華民國成立後又以《開國奇冤傳奇》之名刊行。據此,一向未爲人知曉的《開國奇冤》作者「華偉生」,即是近代著名文學家談善吾化名或他人假託之名。

58. 第 243 頁:「《風洞山傳奇》,長洲呆道人(吳梅),上海:小說林總發行,1906 年。」

按此處著錄,與樽本照雄《新編增補清末民初小說目錄》(濟南:齊魯書社,2002 年)幾乎全同。此作爲傳奇劇本,而非小說。作者吳梅(1884~1939),字瞿安,亦作癯安、癯盦,一字靈鳷,號霜厓,別署吳呆、江東浦飛、長洲呆道人、東籬詞客,室名奢摩他室、百嘉室。江蘇長洲(今蘇州)人。

59. 第 243 頁:「《風洞山傳奇》,呆道人(吳梅),上海:小說林社,1906 年 4 初版,1936 五版,小說林(叢書)。」

按此處著錄,與樽本照雄《新編增補清末民初小說目錄》(濟南:齊魯書社,2002 年)幾乎全同。此作爲傳奇劇本,而非小說。作者吳梅,詳見上文《風洞山傳奇》條。

60. 第 253 頁:「《海天嘯傳奇》(一名《大和魂》),劉鈺,上海:小說林社,1905 年 12 月,小說林(叢書)。」

按此處著錄,與樽本照雄《新編增補清末民初小說目錄》(濟南:齊魯書社,2002 年)幾乎全同。此作爲傳奇劇本,而非小說。作者劉鈺,字步洲。江蘇江陰人。生平事迹未詳。據《海天嘯傳奇》卷首作者《例言》,此劇原名《日東新曲》,由署名「熱血動物」者採入《揚子江白報》時,改名《大和魂》,光緒三十二年丙午七月(1906 年 8 月至 9 月)小說林社再版時,又易名曰《海天嘯》，凡八齣。

61. 第275頁：「《趼廛詩刪剩》，（吳趼人），《趼人十三種》，上海：群學社，1909年，說部叢書38。」

按此處著錄，與樽本照雄《新編增補清末民初小說目錄》（濟南：齊魯書社，2002 年）幾乎全同。此作為詩歌集，而非小說。作者吳沃堯（1866～1910），字小允，號趼人。廣東南海佛山鎮（今廣東佛山市南海區）人。近代著名報人、小說家。

62. 第278頁：「《警黃鐘》，祈黃樓主人（洪炳文），新小說社，1906年。」

按此作為傳奇劇本，而非小說。作者洪炳文（1848～1918），字博卿，號棟園，別署花信樓主人、祈黃樓主、好球子、寄憤生、棟園綺情生、悲秋散人。祖籍安徽歙縣，明末遷入浙江瑞安，遂為瑞安人。著述頗富，尤以戲曲創作成就最著。著有傳奇、雜劇、時調新劇劇本三十六種，數量之眾多，題材之廣泛，形式之多樣，在近代戲曲史上均屬罕見。其中《懸嶴猿》、《警黃鐘》、《後南柯》、《水巖宮》、《秋海棠》、《芙蓉孽》、《白桃花》、《孝廉坊》、《木鹿居》、《天水碧》、《信香秋夢》、《四弦秋・潯陽琵琶》（時調）、《吉慶花》（時調）、《撻秦鞭》、《四時樂》、《荊駝憾》、《長生曲・慶壽》（時調）、《普天慶》、《古般鑑》、《後懷沙》、《電球遊》、《誰之罪》等二十二種，均有刊本傳世。尚有《三生石》、《黑蟾蜍》、《鸞簫配》、《女中傑》、《留雲洞》、《眾香園》、《再來緣》、《無根蘭》、《晚節香》、《孝子亭》、《簪苓記》、《懷沙記》、《靈瓊圖》、《清官鑑》、《月球遊》等十五種，未見傳本。

63. 第295頁：「《梅花夢》2卷，張道，1894年。」

按此作為傳奇劇本，而非小說。作者張道（1821～1862），原名炳傑，字伯幾，號少南，別署劫海逸叟。浙江錢塘（今杭州）人。錢塘名諸生，一生失意潦倒。咸豐十一年（1861）太平軍攻杭州，家中老屋被焚，攜家避走，寄寓蕭山，次年病做。博學多才，詩文、詞曲、書畫皆工，尤熟藝林掌故。著作頗豐，主要有《魚浦草堂詩集》、《南翁文集》、《雪煩詞》、《雪煩叢識》、《影香詞》、《甌巢閒筆》、《甌巢詩話》、《定鄉小識》、《字典補遺》、《舊唐書疑義勘同》、《臨安旬制記》、《唐浙中長官考》、傳奇《梅花夢》等。《梅花夢》分上下兩卷，凡三十四齣。

64. 第 305 頁：「《女兒花》（彈詞小說）上下冊 48 回，柳浦散人著，西麓山人評點，上海：中新書局，1906 年。」

按此作爲爲彈詞曲本，而非小說。作者「柳浦散人」、評點者「西麓山人」眞實姓名未詳，待考。

65. 第 343 頁：「《吳趼人哭》57 則，吳趼人，1902 年。」

按此作爲吳趼人感慨世道人心之言論小集，篇幅極短小，不當以小說目之。作者吳沃堯（1866～1910），號趼人。見上文《趼廛詩刪剩》條。

《近代上海戲曲繫年初編》商補

趙山林、田根勝、朱崇志編著《近代上海戲曲繫年初編》（上海：上海教育出版社，2003 年 7 月），作爲胡曉明主編的「近代上海文學繫年叢書」之一種（已出版四種，其他三種爲：胡曉明、李瑞明編著《近代上海詩學繫年初編》，楊柏嶺編著《近代上海詞學繫年初編》，程華平編著《近代上海散文繫年初編》，均由上海教育出版社於 2003 年 7 月出版），第一次以編年史的方式比較明晰地勾稽描述了近代上海戲曲史的歷程，具有重要的史料價值。正如編著者在《前言》中所說：「我們這本《近代上海戲曲繫年初編》，就是想對近代上海戲曲發展過程中的有關事件進行一次初步的梳理，爲進一步研究提供一點基本的線索。繫年的內容，包括了重大政治事件、戲曲創作活動、戲曲演出活動、戲曲理論探討等各個方面，以期通過研究，弄清它們的相互關係，在廣闊的背景上展現近代上海戲曲的完整面貌和發展歷程。」〔註 1〕

筆者在閱讀此書之後，於頗受教益之餘，亦發現書中可再商討斟酌或智者偶疏之處若干，茲就所知爲做補充說明如下，供此書編著者及其他方家參考；至其所言未當之處，則請見諒爲幸〔註 2〕。

1. 第 4 頁：1842 年：「劉清韻所著傳奇據云有二十四種，惜僅有《小蓬萊仙館傳奇》十種傳世。包括《黃碧簽》、《丹青副》、《炎涼券》、《鴛鴦夢》、《氤氳釧》、《英雄記》、《天風引》、《飛虹嘯》、《鏡中圓》、《千秋淚》。」

〔註 1〕 趙山林、田根勝、朱崇志《近代上海戲曲繫年初編》卷首，上海：上海教育出版社 2003 年版，第 6～7 頁。

〔註 2〕 按：趙山林著《中國近代戲曲編年（1840～1919）》內容較此書更爲豐富，有關文獻問題也有所解決，上海：華東師範大學出版社 2008 年版。

按今存劉清韻傳奇作品除上述十種外，尚有《望洋歎》和《拈花悟》二種。據載：「近又在沭陽發現其《望洋歎傳奇》、《拈花悟傳奇》兩種，係民國二十八年（1939）一月十七日鈔本。」〔註 3〕苗懷明亦嘗著文云：《望洋歎》和《拈花悟》兩種傳奇原係傳抄本，嘗由沭陽縣詩詞協會謄寫印刷。《望洋歎》凡六齣：第一齣《軔遊》、第二齣《探志》、第三齣《訓子》、第四齣《海延》、第五齣《樓祭》、第六齣《夢訪》。《拈花悟》凡四齣：第一齣《悼婢》、第二齣《聚仙》、第三齣《晏眞》、第四齣《葬花》〔註 4〕。

2. 第 27 頁：1853 年：林紓「自作傳奇三種：《蜀鵑啼》、《合浦珠》、《天妃廟》。作品中未見一旦角，亦前例所無。」

按林紓傳奇作品中無旦角之說流傳頗廣，蓋係沿襲楊世驥、鄭振鐸等舊說，實誤。如楊世驥嘗指出：「就體式言，舊的傳奇必不能無『旦』，而林紓的這三種傳奇都沒有一個旦角，且音乖律違的地方極多，我們可知它也是改途易轍的作品了。」〔註 5〕鄭振鐸也曾說過：「舊的傳奇，必不能無『旦』，第一齣必敘『生』，第二齣必敘『旦』，他的三種傳奇則絕未一見旦角；舊的傳奇必有四十齣或五十齣，他的傳奇則至多不過二十齣，少則只有十齣；他可算是一個能大膽的打破傳統的規律的人。」〔註 6〕其實不然，如《天妃廟》第九齣《憶外》中，即出現了旦扮謝讓之妻施氏出場，唱曲三支，有說白，有科介。此齣中且有小旦扮婢女上場。可見以往許多學者均以爲林紓三種傳奇中全無旦角，這種說法並不可信。

3. 第 135 頁：1893 年：管際安「曲學造詣較深，對唱腔有一定研究。作現代雜劇《四色玉》宣傳抗日救國。」

按《四色玉》筆者未見。管義華（1892～1975），字際安，又作霽庵、霽安，號達如。江蘇吳縣（今蘇州）人。又作有傳奇《江南燕》、《釵頭鳳》等。爲趙景深、莊一拂編輯《戲曲月輯》的主要作者之一，又與趙景深、俞振飛合著《崑曲曲調》。還著有《旅閩日記》等。

〔註 3〕《中國戲曲志・江蘇卷》，北京：中國 ISBN 中心 1992 年版，第 913 頁。

〔註 4〕參見苗懷明《記晚清女曲家劉清韻兩部曾佚失的戲曲作品》，《古典文學知識》2002 年，第 4 期。

〔註 5〕楊世驥《文苑談往》，臺北：廣文書局 1981 年版，第 57 頁。

〔註 6〕鄭振鐸《林琴南先生》，《中國文學論集》，香港：港青出版社 1979 年版，第 101 頁。

4. 第 144 頁：1896 年：「吳寶鎔作《太守桑》（又名《勸桑》）。未刊，有光緒間抄本存世。約作於光緒二十二年（1896）。標名《太守桑傳奇》，其體制實爲一折雜劇。」

按《太守桑傳奇》光緒二十二年（1896）刊行於湖南澧陽。作者吳寶鎔，字蔗農。浙江錢塘（今杭州）人。劇中內容當係作者根據當時實事寫成，劇中主人公陳璚亦實有其人。《勸桑》乃《太守桑傳奇》第一齣之名稱，非全劇之別稱。此劇嘗於光緒二十二年（1896）刊行過，並非「未刊」。此劇之光緒年間鈔本筆者未見。

5. 第 174 頁：1903 年「10 月 5 日（八月十五日），春夢生《團匪魁》傳奇載《新小說》第八號，是一部諷刺頑固派、洋務派的諷刺劇。」

按以此劇爲「傳奇」，實誤。光緒二十九年八月十五日（1903 年 10 月 5 日）出版的《新小說》第八號目錄頁標明此劇爲「京調西皮」，正文劇名前亦有「新串京調西皮」六字，閱讀劇本具體內容亦可知其確爲京劇劇本，而非「傳奇」。

6. 第 202～203 頁：1906 年：「陳栩作《自由花》（一）。載《著作林》第一期至第五期。原署『天虛我生陳蝶仙』。共五齣，未完。劇寫女主人公花懊儂（又名花自由）對婦女所受種種束縛深爲不滿，一心嚮往自由，因其兄將其許配花花公子蔣天龍，遂與婢女紅芸女扮男裝，往投自由學校。途遇少年賈維新，結伴而行。及至來到自由學校，始知校長治學無方，身爲教員的賈維新又捲款逃走，花懊儂大失所望。」又云：「陳栩作《自由花》（二）。此劇雖亦名《自由花》，與《自由花（一）》實爲不同的兩個劇本，本事、人物、曲文各不相同。《栩園兒女集》本，丁卯（1927）冬日刊。作年不詳而刊年稍晚。僅一折。劇敘：少女鄭憐春嚮往婚姻自由，與陸士衡相愛結婚。不料陸已有妻室，且不久又將鄭憐春賣入妓院。鄭落入煙花，苦不堪言。」

按此處所述兩劇作者情況，係沿襲梁淑安、姚柯夫《中國近代傳奇雜劇經眼錄》舊說之誤。此兩種《自由花》，前者即《自由花傳奇》，確爲陳栩所作，原署「天虛我生著」；後者即《自由花雜劇》，並非陳栩所作，作者實爲陳栩長女陳璻（字翠娜、小翠）。《栩園叢稿》分爲二編，線裝十冊，周之盛（字拜花）編輯，上海著易堂印書局，1927 年出版。此書之初編爲陳栩詩詞、文章等作品，二編則除陳栩作品外，還收入陳翠娜詩詞、戲曲等，名曰《栩園嬌女集》。

7. 第 203 頁：1906 年：「陳栩作《花木蘭》。載《著作林》第十三到十六期。原署『天虛我生』。寫木蘭從軍故事。六齣，未完。」

按此劇又載《申報》1914 年 8 月～10 月，凡十六齣，已完。又載《新神州雜誌》第一期，1913 年 5 月出版，僅刊第一齣、第二齣，未完。

8. 第 209 頁：1907 年「5 月 26 日（四月十五日）起，吳趼人雜劇《曾芳四》載《月月小說》第八、九號。原署『我佛山人塡詞，儀隴山民評點』。」

按《月月小說》發表《曾芳四》時，第八期置諸「傳奇小說」欄內，劇名「曾芳四傳奇」；第九期置諸「傳奇」欄內，劇名「曾芳四」。因此此劇宜以「傳奇」視之，將其作爲「雜劇」似不當。此問題實與「傳奇」、「雜劇」體制在明清時期尤其是清代乾隆末年以降發生的一系列根本性變化有關，相當複雜。筆者的基本認識是，至晚清民國時期，若想在文體規範與音樂體制上嚴格區分「傳奇」和「雜劇」實已非常困難，或云無甚意義；若要適當區分，當以尊重作者創作原意和作品發表時實際情況爲宜。

9. 第 224 頁：1909 年「洪炳文作《長生曲》。有《楝園雜著》油印本。乃作者自壽之辭。一折。」

按《長生曲》並非劇曲，而爲「時調」，屬說唱文學作品，閱原書即可知曉。

10. 第 226 頁：1910 年：「蔣景緘作《俠女魂》。載宣統元年（1909）漢口《揚子江小說》月刊，阿英《晚清文學叢鈔・傳奇雜劇卷》收錄第一齣《足冤》。據卷首所載《序》云，該劇係譜清季秋瑾、胡仿蘭等八女俠事，每齣演一故事，共八齣。然目前僅見《足冤》一折。」

按《俠女魂》雜劇由《足冤》、《拒煙》、《探獄》、《兵解》、《贈金》五部分組成，是一部集中表現婦女苦難深重、呼喚婦女解放的作品。《足冤》寫胡仿蘭故事，《拒煙》寫周莣香故事，《探獄》寫張佛香故事，《兵解》寫秋瑾故事，《贈金》寫段佩環故事。此劇嘗全部刊載於《揚子江小說報》第一期～第五期，1909 年 5 月～9 月出版。阿英編《晚清文學叢鈔・傳奇雜劇卷》收錄其一《足冤》，北京：中華書局，1962 年 9 月出版。《足冤》又有《中國古典文學名著分類集成・戲曲卷》所收本，天津：百花文藝出版社，1994 年 12 月出版。「《揚子江小說》」刊名不確，末脫一「報」字。

11. 第244頁：1913年：「華偉生作《開國奇冤》。有1912年尚古山房石印本。與孫雨林《皖江血》等同爲演徐錫麟刺殺恩銘事。始作於清光緒三十四年（1908），至1912年始完成。二卷，十八齣。……華偉生，清末至民國間人。光緒三十三年（1907）任安徽巡警學堂司務。徐錫麟刺殺恩銘事件發生後被疑爲『徐黨』，受到審訊。著有傳奇一種。」

按此介紹係根據阿英《晚清戲曲小說目》和梁淑安、姚柯夫《中國近代傳奇雜劇經眼錄》相關內容而作。阿英編《晚清文學叢鈔・傳奇雜劇卷》據尚古山房1912年石印本收錄《開國奇冤》，作者署「華偉生」，北京：中華書局，1962年9月出版。此劇作者「華偉生」生平事迹等情況一向不爲人所知，此署名並非作者眞實姓名，此劇作者實爲談善吾。

12. 第250頁：1913年「11月，吳承烜（原署東園）雜劇《綠綺琴》（十六齣）載《遊戲雜誌》第一期至第九期，劇寫書生泰景吳與妻張樵青、妾慕玉環的故事。未完。」

按吳承烜（1855～1940），字伍祐，號東園。安徽歙縣人。著有戲曲四種：《綠綺琴傳奇》、《星劍俠傳奇》、《花茵俠傳奇》和《慧鏡智珠錄傳奇》。從作者創作觀念和劇本情況來看，四種均爲「傳奇」，而非「雜劇」，因此稱《綠綺琴》爲「雜劇」似有未當。

13. 第262頁：1915年「1月，筆香詞客傳奇《禎絹恨》載於《小說月報》第五卷第十號。據作者《前記》，似應西神殘客（王蘊章）之徵而作。三齣。取材於龔自珍詞《瑤臺第一層》註引某侍衛撰《王孫傳》故事。……筆香詞客，姓名生平不詳，清末民國間人。」

按「筆香詞客」當係「墨香詞客」之誤。《小說月報》第五卷第十號（中華民國三年十二月二十五日初版）刊《禎絹恨傳奇》，署「墨香詞客塡」。「墨香詞客」眞實姓名未詳，待考。此人與西神殘客王蘊章頗爲熟悉，此劇取材於龔自珍詞註，作者或亦南社中人乎？

14. 第265頁：1915年「3月至6月，荊石山民的《紅樓夢散套》載《雙星雜誌》第一至四期（未完）。」

按此劇爲清代戲曲家吳鎬所作，不屬「近代」作品。吳鎬，生卒年未詳，生活於清乾隆、嘉慶年間。字荊石，自署荊石山民。江蘇鎮洋（今太倉）人。

監生。專攻詩古文辭，亦擅戲曲。著有《荊石山房詩文集》、《漢魏六朝志墓金石例》等。阿英編《紅樓夢戲曲集》嘗收錄其《紅樓夢散套》，北京：中華書局，1978 年 1 月出版。

15. 1915 年「7 月，蘇門嘯侶撰《女才子記》傳奇載於《中華小說界》第二卷第七至十二期。」

按此劇不屬「近代」作品，作者「蘇門嘯侶」即生活於明代萬曆、天啓、崇禎至清代順治、康熙年間的戲曲家李漁（1611～1680），號蘇門嘯侶。

16. 第 285 頁倒 4 行「林紓雜劇《蜀鵑啼》」、第 286 頁第 9 行「洪炳文《天水碧》雜劇」、第 289 頁第 12 行「洪炳文《木鹿居》雜劇」、同頁倒 5 行「洪炳文《孝廉坊》雜劇」中之「雜劇」均當作「傳奇」。第 288 頁倒 6 行「吳梅《無價寶》傳奇」當作「吳梅《無價寶》雜劇」。

按至晚清民國時期，若想在體制規範上嚴格區分「傳奇」與「雜劇」已非常困難，甚至不大可能。但筆者以爲，著錄時宜以尊重作者意見和作品發表時實際情況爲妥。上述諸劇即屬此種情況。

17. 第 294 頁：1918 年「3 月，吳梅撰《針師記》，載於《小說月報》第九卷第三至八號。另《春聲》一集亦收錄。署名『北疇』。」

按此處所述有誤。《針師記傳奇》載《小說月報》第九卷第三號～第八號，1918 年 3 月～8 月刊行。第三號～第五號作者署「北疇造旨，癯安潤文」，第六號署「北疇原本，癯安潤文」，第七號～第八號署「北疇原本，瞿安刪訂」。共七折。此劇非吳梅（字瞿安，又作癯安）原創，實係吳梅據清代戲曲家王墅所作傳奇《拜針樓》潤飾刪訂而成。王墅，清康熙時人，約康熙二十四年（1685）前後在世，字北疇。安徽蕪湖人。年二十成秀才。工詩，擅詞曲，下筆自抒胸臆。早卒。有傳奇二種，《拜針樓》凡八折，今存；《後牡丹亭記》已佚。《拜針樓》有清康熙二十四年（1685）貴德堂刊本，清光緒五年（1879）貴德堂重刻本。《針師記傳奇》即吳梅根據康熙貴德堂刊本《拜針樓》潤飾刪訂而成，折數有變，由八折變爲七折，劇中主要角色生、旦等姓名亦多不同，劇情等方面也略有改動。此劇既經吳梅潤色加工，亦可見吳梅創作思想、愛情婚姻觀念之某些重要側面。

18. 第 300 頁：1918 年：「高梧撰《函記》，原署『盟鷗榭本事，離梧軟編次』，末有民國八年離梧識語，六齣。」

按此處排印錯誤頗多，以至難以明曉編著者原意。正確表達似當爲：「高梧撰《函髻記》，原署『盟鷗榭本事，高梧軒編次』，末有民國八年高梧識語，六齣。」此劇名爲《函髻記傳奇》，原署「盟鷗榭本事、高梧軒編次」，有民國年間惜陰堂仿宋排印本。閱讀原作可知，其雖云「傳奇」，實係時調說唱曲本，已非曲牌聯套體之傳奇劇本。

19. 第 308 頁：「咸豐同治光緒間（年代未詳）」：「《亡國恨》，無名氏作。《晚清文學叢鈔・傳奇雜劇卷》收此劇，所據『原排印本』出版者及刊年均不詳。原刊本未見。《叢鈔》本曲白文字有刪節。該劇取材於當時實事。」

按《亡國恨傳奇》有漢口《中西日報》1910 年刊本。1911 年 2 月～4 月出版的《廣益叢報》第二百五十七號、第二百六十一號亦載此劇。又有民國年間貢鼎編校鉛印本。阿英編《晚清文學叢鈔・傳奇雜劇卷》據「原排印本」收錄，歸爲「無名氏」之作，北京：中華書局，1962 年 9 月出版。原排印本情況未詳。現據有關材料可確定，《亡國恨傳奇》實爲貢少芹所作。貢少芹（1879～1939），名璧，字少芹，以字行，別號天懺生，亦署天懺，晚號天懺老人。江蘇江都人。南社社員，鴛鴦蝴蝶派作家。與張丹斧、李涵秋有「揚州三傑」之稱。著述數量頗多，範圍廣泛，戲曲作品有《亡國恨傳奇》、《蘇臺柳傳奇》和《刀環夢傳奇》等。

20. 第 309 頁：「咸豐同治光緒間（年代未詳）」：「《玉鈎痕》，龐樹柏、歐陽淦（原署惜秋生）合作。載清光緒間《遊戲報》。十齣。」

按自阿英以來的多位學者均認爲《玉鈎痕傳奇》爲龐樹柏、歐陽淦（歐陽巨源、惜秋生）二人所作，據筆者考察，這一認識似並不可信。現據有關材料可知，《玉鈎痕傳奇》乃由李伯元發起徵撰，據上海時事寫成，作者當是龐樹柏之兄龐樹松（病紅山人）與歐陽淦（字巨源）。

21. 編著、排校之文字誤漏：

第 39 頁倒 7 行：「《碧聲吟館課麈》」之「課」爲「談」字之誤。

第 57 頁倒 2 行：「《清燈淚》」當作「《青燈淚》」。

第 94 頁第 2 行：「《民呼報》」當作「《民呼日報》」。

第 96 頁第 10 行：「《當爐豔》」當作「《當壚豔》」。

第 148 頁第 1～2 行：「上海藻文石印本」當作「上海藻文書局石印本」。

第 155 頁第 7 行：「上海藻文館石印刊行」當作「上海藻文書局石印刊行」。

第 166 頁第 6～7 行：兩處「黃簫養回頭」均當作「黃蕭養回頭」。

第 204 頁倒 4 行、倒 5 行：兩處「《新世界小說報》」均當作「《新世界小說社報》」。

第 254 頁第 5 行：「《黃花崗》」當作「《黃花岡》」。

第 314 頁倒 9 行：「1962 年」當作「1960 年」。

第 315 頁第 10 行：「《中國戲劇概論》」當作「《中國戲曲概論》」。

《中國近代傳奇雜劇經眼錄》校補

梁淑安、姚柯夫著《中國近代傳奇雜劇經眼錄》（北京：書目文獻出版社，1996 年 10 月），是在阿英《晚清戲曲小說目》（上海：上海文藝聯合出版社，1954 年 8 月第 1 版；上海：古典文學出版社，1957 年 9 月新 1 版）初版四十多年之後，出現的又一部關於近代傳奇雜劇劇目文獻的重要著作。1981 年 3 月，趙景深曾在爲《中國近代傳奇雜劇劇目》所作的《序》中說過：「他們在搜集整理從鴉片戰爭（1840 年）開始，到『五四』運動（1919 年）以前這一階段的傳奇雜劇曲目方面，做了大量的工作，花了約一年的工夫，到北京、上海等地一些大圖書館訪書，還訪問了錢南揚、譚正璧、蔣星煜和我，三易其稿，方始寫定的，的確有很大的收穫」；「現在梁、姚把光緒以前的作品，一直追溯到鴉片戰爭開始，那麼近代的雜劇傳奇，就都完備了」〔註 1〕。

作者在該書《前記》中說：「輯錄原則是：（一）所錄曲目皆以有傳本並親見原書者爲限。無傳本僅存虛目者及雖有傳本而我們未及親見者，皆未闌入。（二）所錄曲目以成書於 1840 年以後，1919 年以前者爲限。有的作品成書時間難以確定，不能斷定是否屬於近代範圍者，暫不收錄。」〔註 2〕

另外，作者將經眼的產生於「五四」新文化運動以後的傳奇雜劇作品、諸家曲目著錄而未及寓目的劇目列入附錄，作爲全書正文之重要補充，擴大

〔註 1〕 趙景深《序》，梁淑安、姚柯夫《中國近代傳奇雜劇經眼錄》卷首，北京：書目文獻出版社 1996 年版，第 1 頁。按：《中國近代傳奇雜劇劇目》爲《中國近代傳奇雜劇經眼錄》之初稿，部分內容曾以《中國近代傳奇雜劇簡目》爲題，分爲上下兩部分，發表於《文獻》1980 年，第 4 期，1981 年，第 1 期。

〔註 2〕 梁淑安、姚柯夫《中國近代傳奇雜劇經眼錄》卷首《前記》，北京：書目文獻出版社 1996 年版，第 4 頁。

了收錄的文獻範圍。正如作者所說：「初稿完成以後，十五年來，前後數次進行增補，兩度全面修訂核校。收錄的作者增至一百零五家，劇目增至二百七十種，改寫了全部作者小傳和劇情梗概，最重要的，是把十多年來在作家資料的開掘與考辨方面的新收穫補充進去。」〔註3〕

據筆者統計，此書正文著錄近代傳奇雜劇一百七十種，「五四運動」以後傳奇雜劇四十六種，諸家曲目著錄而未及寓目作品四十五種，共計二百六十一種。此書是作者經多年訪求、積累而成，爲近代傳奇雜劇提供了大量的第一手資料，實在難能可貴。

但是，此書自 1996 年 10 月出版至今，又過去了近二十年的時間，從更全面、更細緻的眼光來看，也應當指出，此書在文獻著錄及其他方面還存在少數問題。筆者現據所見知爲作校補如下，敬請該書作者及其他方家指教。

1. 《目次》第 2 頁：陳烺「幻緣記」不確，當作「仙緣記」。查檢 1885 年武林初刻本、1891 年石印本《玉獅堂十種曲》可知。

2. 《目次》第 7 頁：「筆香詞客」不確，當作「墨香詞客」。《小說月報》第五卷第十號（中華民國三年十二月二十五日初版）刊《頳綃恨傳奇》，署「墨香詞客塡」，可知。

3. 第 1～2 頁《血梅記》條，第 2 頁條第 1～2 行：「義俠奪刀，援救薛公匹馬還鄉」標點未當，當作：「義俠奪刀援救，薛公匹馬還鄉」，即逗號位置當移至後二字之後。

4. 第 17 頁《茂陵弦》條第 2 行：「當爐豔傳奇」不確，當作「當壚豔傳奇」，「爐」當作「壚」。

5. 第 18 頁《淩波影》條第 3 行：「求古齋碑帖石印」不確，當作「求古齋碑帖社石印」，脫一「社」字。

6. 第 20 頁《梅花夢》條倒 4 行：「秦皇火一杴」，「杴」字較爲生僻，今已不常用，徑作「鍁」字似亦可。

7. 第 22 頁《蘇臺雪》條第 2～3 行：「載《小說新報》第一年第二至十一期。民國四年（1915）刊」，不確，當作「載《小說新報》第二期至第十二期，民國四年四月（1915 年 4 月）至民國五年一月（1916 年 1 月）刊。」查檢《小說新報》原刊可知。

〔註 3〕 梁淑安、姚柯夫《中國近代傳奇雜劇經眼錄》卷首《前記》，北京：書目文獻出版社 1996 年版，第 5 頁。

8. 第 24 頁：陳烺《幻緣記》條，所云「幻緣記」不確，當作「仙緣記」。查檢 1885 年武林初刻本、1891 年石印本《玉獅堂十種曲》可知。

9. 第 31 頁第 3 行「許善長」生平事迹介紹有云：「並有戲曲論著《碧聲吟館談塵》」，以《碧聲吟館談塵》爲「戲曲論著」似未當。是書凡四卷，有光緒四年戊寅（1878）碧聲吟館刻本，又有民國年間西泠印社吳氏聚珍版，當爲許善長之筆記著作，全書內容相當廣泛，而以文史、人物、輿地等爲主，談論戲曲者極少。

10. 第 31 頁《瘞雲岩》條第 2 行：「光緒 3 年（1887）三月刊」，有誤，「1887」當作「1877」。第 10 行：「卻從新搬演，原無謂」，標點未當，中間逗號似當刪。第 12 行：「流離。音問絕」，標點未當，中間句號似當刪。第 13 行：「瓊膏，頃刻花憔悴」，標點未當，中間逗號似當刪。倒 2 行：「縱悲傷成何用」，標點未當，中間似應用一逗號，即「縱悲傷，成何用」。

11. 第 32 頁《風雲會》條第 2 行：「光緒三年（1887）刊」，有誤，「1887」當作「1877」。

12. 第 32～33 頁《茯苓仙》條：【尾聲】有云：「鎮山門壽貞瑨」，標點未當，中間似當加一逗號，爲「鎮山門，壽貞瑨」。

13. 第 33 頁《神山引》條：第 5 行、第 7 行兩處「陽曰旦」皆不確，均當作「陽日旦」。第 9 行兩處「荷花」均不確，當作「荷生」。第 10～11 行：「援譜」不確，當作「授譜」。末行：「天上人間兩世觀」，有誤，最後一字「觀」當作「歡」。以上諸處查檢《神山引》原刊本均可知。

14. 第 34 頁第 9 行（《胭脂獄》條）：「生譎詐」不確，當作「生譎計」。見《胭脂獄》原刊本。

15. 第 38 頁《西子捧心》條第 8 行：「亦三百篇正變並存之意云爾」，標點未當，「三百篇」似當加書名號，即爲「亦《三百篇》正變並存之意云爾」。

16. 第 40 頁《海濱夢》條第 2 行：「民國五年（1916）十月」，不確，「十月」當作「十一月」。見原書版權頁。

17. 第 42 頁《佛門緣》條第 10 行：「醜搞」有誤，當作「醜攪」。

18、《夢中緣》條：第 43 頁末行：「羈別」不確，當作「薦別」。第 44 頁第 2 行：「楚反」不確，當作「楚厄」。

19. 《紅羊劫》條：第 52 頁第 3 行：「桀錯遺忘」，有誤，「桀」當作「舛」。第 8 行：「機權」有誤，當作「機權」。第 9 行：「一樣的，分恒次舍」，標點未當，逗號當刪；「恒」爲「垣」字之誤，即當作「一樣的分垣次舍」。

20. 第 52 頁「楊恩壽」生平介紹，倒 3 行：「1982 年」不確，當作「1983 年 5 月」。查《坦園日記》（上海：上海古籍出版社，1983 年 5 月）版權頁即可知。

21. 第 58 頁「宣鼎」生平介紹第 4 行：「山東袞州府」有誤，「袞州」當作「兗州」。

22. 第 59 頁「陳學震」生平介紹第 1 行、《雙旌記》條第 1 行之兩處「子揚」不確，似均當作「子楊」。由《雙旌記》原刊本署名「子楊」可知。

23. 第 60 頁《雙旌記》條倒 3 行：「夫忠，婦更烈」，標點未當，中間逗號似當刪。

24. 第 61 頁《後緹縈》條倒 4 行：「儒家考證非妄文，字感精誠。」逗號位置未當，當作「儒家考證非妄，文字感精誠。」

25. 第 64 頁《三斛珠》條：第 6 行「金谷園中，愁聽春禽弄」，第 7 行「費盡千金，難買多情種」，兩處標點未當，中間逗號似均當刪。

26. 第 81 頁《後南柯》條：第 1 行「原署『祈黃樓主人』」，不確。《小說月報》第三年第一期刊《後南柯樂府》「宮議第一」時，未有署名；第二期至第六期續刊此劇時均署「楝園」。查原刊即可知。第 7 行：「而茲偏」不確，「偏」係「編」之誤。

27. 第 84 頁第 2 行《電球遊》條：標點有誤，「齣目爲」冒號後之引號前半（「）當刪。開場曲【北粉蝶兒】前二句：「木落庭柯，恨只恨流光空過，捲簾櫳盼不斷的雲羅。」標點有誤，當作：「木落庭柯，恨只恨流光空過。捲簾櫳，盼不斷的雲羅。」

28. 第 85 頁《白桃花》條：「用〔中呂〕〔繞江樓〕開場：『看遍人間祿命書，走江湖歷盡馳驅。將相王侯風塵物，色相遇，恨多疏。」標點數處有誤，當作：「看遍人間祿命書，走江湖，歷盡馳驅。相王侯，風塵物色，相遇恨多疏。」且「將」字衍，當刪。

29. 第 85～86 頁《天水碧》條：《小引》云：「元兵圍攻，城亡與亡，」「圍攻」誤，當作「攻城」。開場曲【正宮引子・喜遷鶯】云：「趙家塊肉，望南雲，遠竄累歲，從戎。憂心誰共，驀中原白雁飛空。可憐我金枝玉葉，也做個斷梗飄蓬。怕難支小朝廷半壁，眼前斷送。」標點數處有誤，當作：「趙家塊肉，望南雲遠竄，累歲從戎。憂心誰共？驀中原白雁飛空。可憐我金枝玉葉，也做個斷梗飄蓬。怕難支小朝廷半壁，眼前斷送。」

30. 第 86 頁《木鹿居》條：【尾聲】云：「義熙甲子頻私記，想五柳高風如是。且把木鹿居中字額題。」「中」字誤，當作「三」。另，「如是」沈不沉編《洪炳文集》（溫州文獻叢書，上海：上海社會科學院出版社，2004 年 8 月）作「爲是」，未知何者正確，待考。

31. 第 86～87 頁《孝廉坊》條：「凡二齣。齣目爲：《廬墓》、《瑞應》。以〔商調引子〕〔十二時〕開場：「逝水年華，老便一霎，朱顏枯槁。孺慕難忘，憂心如搗。馬鬣崇封七尺墳高，只向松楸拜倒。〔尾聲〕云：『題旌旗不用分文費，把孝子芳名先敘起，好指望早附星郵達玉墀。』」此處事實與文字標點多誤。此劇並非二齣，凡三齣，第一齣《廬墓》、第二齣《瑞應》、第三齣《表裏》。開場曲當標點爲：「逝水年華老，便一霎朱顏枯槁。孺慕難忘，憂心如搗，馬鬣崇封，七尺墳高，只向松楸拜倒。」上引【尾聲】乃第二齣《瑞應》之【尾聲】，第三齣即全劇之【尾聲】作：「力田孝悌稱佳士，此是人倫大導師。那式裏旌廬愧我遲。」

32. 第 88 頁「胡薇元」生平介紹，胡氏生年 1849 年，不確，當作 1850 年。

33. 第 91 頁第 3 行（《蜀鵑啼》條）：「哀吳季明明府」有誤，當作「吳季清明府」，「哀」字衍，前一「明」爲「清」之誤。

34. 第 93 頁《綠綺琴》條第 6 行：「地溟秋慰」不確，「地」爲「旭」字之誤。

35. 第 101 頁「袁蟫」生平介紹，第 1 行：「又字小稱」不確，「稱」當作「偁」。第 2 行：「光緒二十年（1894）舉人」後似可加「光緒二十九年（1903）進士」。另，此人生卒年未詳，據陳玉堂《中國近現代人物名號大辭典》（杭州：浙江古籍出版社，1993 年 5 月）和《中國文學大辭典》（上海：上海辭書出版社，1997 年 7 月），可知其卒年當在 1909 年以後。

36. 第 104 頁《鈞天樂》條第 5～6 行：「《南柯》蟻夢」，標點未當，書名號似當刪。

37、《霜天碧》條：第 108 頁第 3 行首之引號前半（「）當刪，標點未當。第 109 頁第 2 行：「郎君空世歸邯鄲」不確，「歸」爲「舊」之誤。

38. 第 111 頁《雪曇夢》條第 4 行：兩處「風姨」均不確，當作「封姨」。查檢《雪曇夢》原刊本即可知。

39. 第113頁《新羅馬》條：此劇刊本較多，除多種《飲冰室文集》所收本外，似還可加以下幾種較新刊本：阿英編《晚清文學叢鈔・傳奇雜劇卷》收錄，北京：中華書局，1962年9月出版。《中國古典文學名著分類集成・戲曲卷》收錄，天津：百花文藝出版社，1994年12月出版。張庚、黃菊盛主編《中國近代文學大系・戲劇集一》收錄，上海：上海書店，1996年3月出版。

40. 第119頁「陳栩」生平介紹，第3行：「到上海創辦著作林社」不確，當作「在杭州創辦著作林社」。《著作林》雜誌共出版二十二期，時間當在1906、1907年～1908年之間，第一期～第十六期爲木刻版，在杭州編輯出版；至第十七期起改爲鉛字版，在上海編輯出版。查《著作林》原刊即可知曉。

41. 第119頁《落花夢》條第1行：「原署《錢塘陳蝶仙重譜，仁和華癡石原評》」，標點未當，書名號當作引號。

42. 第121頁《自由花》（一）條第1行：「原署『天虛我生陳蝶仙著』」，不確，此劇原署「天虛我生著」。全名《自由花傳奇》。

43. 第121頁《自由花》（二）條：此劇全名《自由花雜劇》，將其歸於陳栩名下誤，作者實爲陳栩長女陳璻（字翠娜、小翠）。此劇最早發表於天虛我生陳栩編《文藝叢編（栩園雜誌）》第二集，家庭工業社中華民國十年七月（1921年7月）出版，署「陳翠娜」；又收入上海著易堂印書局1927年刊《栩園叢稿二編・栩園嬌女集》之《翠樓曲稿》中，《翠樓曲稿》作者署「錢塘陳璻翠娜」。同條第2行：「《栩園兒女集》」不確，當作「《栩園弟子集》」。見天虛我生陳栩編著《文藝叢編（栩園雜誌）》第二集，家庭工業社中華民國十年九月（1921年7月）出版。同條倒3行：「蕉心雨悶」不確，當作「蕉心悶雨」。

44・《桐花牋》條：第121頁該條第1行：「原署『蝶仙填詞，鶼影評點』」，不確，此劇原署「天虛我生撰」。第122頁第1行：「書生」前之引號前半（「）當刪，標點未當。第122頁第15行：「如許江天終比別情淺」，標點未當，當加一逗號，作「如許江天，終比別情淺」。

45. 第122頁《花木蘭》條第1行：「原署『天虛我生』著」，不確，《著作林》發表此劇，第一齣原署「天虛我生陳蝶仙撰」，第四齣不署作者姓名，其他各齣原均署「天虛我生撰」。第3行：「《傳概》《夜織》」，標點未當，中間脫一頓號，當作「《傳概》、《夜織》」。第4行：「醜合」有誤，當作「醜令」。

46. 第123頁《護花幡》條：此劇全名《護花幡雜劇》，將其歸於陳栩名下誤，作者實爲陳栩長女陳璻（字翠娜、小翠）。此劇有天虛我生陳栩編著《文藝叢編（栩園雜誌）》第一集所刊本，家庭工業社中華民國十年九月（1921 年 5 月）出版；又收入上海著易堂印書局 1927 年刊《栩園叢稿二編・栩園嬌女集》之《翠樓曲稿》中，《翠樓曲稿》作者署「錢塘陳璻翠娜」。同條第 1 行：「《栩園兒女集》」不確，當作「《栩園弟子集》」。見天虛我生陳栩編著《文藝叢編（栩園雜誌）》第一集，家庭工業社中華民國十年九月（1921 年 5 月）出版。

47. 第 128 頁《新上海》條第 5 行：「《賽馬》」有誤，當作「《觀賽》」。

48. 第 147 頁（《清明夢》條）第 5 行：以「□」標出所缺之字爲「聰」。第 7 行：「恐被他輕薄」不確，前脫一「復」字，當作「復恐被他輕薄」。

49. 第 147 頁「麥仲華」生平介紹，過於簡略，可增補如下內容：麥仲華，生於 1876 年（咸豐六年丙辰），卒於 1956 年，字曼宣，號曼殊室主人、曼殊庵主人、瑟齋、瑟庵、玉瑟齋、瑟齋主人、玉瑟齋主人。廣東順德人。麥孟華之弟，康有爲受業弟子，並爲康有爲長女同薇之夫婿。秀才出身。1894 年拜康有爲爲師，入萬木草堂讀書。戊戌政變後流亡日本。1899 年 6 月，參加康門弟子「十二人江之島結義」。同年與康同薇成婚。繼而留學日本陸軍士官學校，後遊學英國。民國之初，歷任司法儲才館秘書，後任香港電報局局長、廣州電政監督等職。著有《戊戌奏稿》、《皇朝經世文新編》、《戊戌政變記》等。

50. 第 150 頁《牽牛》條第 8 行：「羽音變征多淒切」不確，「征」當係「徵」字之誤。

51. 第 160 頁「張長」生平介紹及《軒亭冤》條：此處重要史實有誤，將《軒亭冤》歸於張長名下全誤。此劇作者當爲浙江蕭山人韓茂棠（字柏谿、伯谿，號湘靈子）。

52. 第 163 頁《楊白花》條倒 2 行：「春嬌厭拘束，飛出廣寒宮」，此處標點未當，當作「春嬌厭，拘束飛出廣寒宮」。倒 1 行：「渾似擾擾」，後一「擾」字衍，當刪。

53. 第 172 頁《滄桑豔》條第 8 行：「連載於 1916 至 1917 年間之《小說月報》」，出處疑不確，查檢這兩年之《小說月報》，未見刊有此劇。此劇實連載於《清華周刊》第 133 期、第 134 期、第 136 期、第 138 期、第 139 期、第 140 期、第 150 期各期，1918 年出版。

54. 第 173 頁第 1 行、第 2 行之「筆香詞客」當係「墨香詞客」之誤。《小說月報》第五卷第十號（中華民國三年十二月二十五日初版）刊《頳綃恨傳奇》，署「墨香詞客塡」。

55. 第 175 頁第 2 行（《阿芙蓉》條）：「銅琵鐵笛」似不確，「琵」疑當作「琶」，未見《阿芙蓉》原作，無法核對，姑存疑於此。

56. 第 179 頁倒 2 行（《俠女魂》條）：「一齣」後多一句號（。），標點未當，當刪。

57. 第 187 頁《碧山樓傳奇》條：「分上、下二冊」，似不確，此劇原訂一冊，惟版心標「上冊」，即前六折，「下冊」即後六折。

58. 第 191 頁《靈鶼影傳奇》條：「陳小蝶著（原署小蝶塡詞）。《栩園兒女集》本，民國十六年丁卯（1927）刊。六齣。」疑此劇出處有誤。未見《栩園兒女集》一書，查檢收入《栩園叢稿二編》（上海著易堂印書局，1927 年刊）之《栩園嬌女集》，亦未見此劇。查天虛我生陳栩編著《文藝叢編（栩園雜誌）》第一集至第四集（家庭工業社，中華民國十年五月～十一月，1921 年 5 月～11 月出版）中之《栩園兒女集》和《栩園弟子集》部分，均未見此劇。筆者所見此劇版本，唯有《半月》第一卷第十號～第二十四號所刊本，民國十一年一月～八月（1922 年 1 月～8 月）。

59. 第 191 頁《焚琴記傳奇》條：筆者所見此劇版本，《半月》第一卷第十六號、第十七號、第十八號、第十九號、第二十號，民國十一年九月二十一日（1922 年 9 月 21 日）第十六號再版、五月十一日、五月二十七日、六月十日、六月二十五日（5 月 11 日、5 月 27 日、6 月 10 日、6 月 25 日）所刊本；又有《栩園叢稿二編．栩園嬌女集》本，上海：上海著易堂印書局，1927 年刊。收入上海著易堂印書局 1927 年刊《栩園叢稿二編．栩園嬌女集》之《翠樓曲稿》中，《翠樓曲稿》作者署「錢塘陳璻翠娜」。《栩園兒女集》」當係「《栩園嬌女集》」之誤。

60. 第 191 頁《雙星會雜劇》條：此劇出處不確，「東世徵著（原署東世徵著，天虛我生潤文）。《栩園兒女集》本，民國十六年丁卯（1927）刊」的說法亦有誤。筆者所見此劇載天虛我生著《文藝叢編（栩園雜誌）》第三冊，家庭工業社中華民國十年九月（1921 年 9 月）出版。劇名「雙星會雜劇」下有「用桃花扇傳歌譜」七字。署「東世澂，天虛我生潤文」。天虛我生陳栩著《文藝叢編（栩園雜誌）》中，東世澂所撰《雙星會雜劇》在《栩園弟子集》中，而非《栩園兒女集》中；《文藝叢編（栩園雜誌）》爲期刊，而非著作，《栩園弟子集》僅爲其中一個部分；家庭工業社中華民國十年九月（1921 年 9 月）出版，而非「民國十六年丁卯（1927）刊」。「東世徵」係「東世澂」之誤。

61. 第 194 頁《霹塵香》條：「《新世界小說報》」不確，當作「《新世界小說社報》」，脫一「社」字。

62. 第 194 頁《巾幗魂》條：「《河南報》」不確，當作「《河南》」，查原刊可知。此劇載《河南》第 1 期，光緒三十三年十一月（1907 年 12 月）出版。

63. 第 194 頁《衍波箋》條：「《新世界小說報》」不確，當作「《新世界小說社報》」，脫一「社」字。

64. 第 194 頁《海天嘯雜劇》條：「海天嘯雜劇」不確，當作「海天嘯傳奇」，原刊本書名及版權頁皆標明如此。「贅農」當作「贅儂」。

學術著作是怎樣寫成的？
——《清代戲曲發展史》第三章剽竊眞相

《清代戲曲發展史》，上卷四十萬○五千字，下卷五十一萬一千字，精裝本；編委會主任徐恒進、周傳家；秦華生、劉文峰主編；北京，旅遊教育出版社 2006 年 12 月出版。扉頁以魏碑體大字標明：「此項目爲全國藝術科學八五規劃課題」。可見此書是國家級科研項目成果，是以嚴謹的學術著作的形式出現的。

傅曉航爲此書作序，且置於卷首。《序》中說：「《清代戲曲發展史》是一部四編、二十章、九十六節近百萬字的巨著，就其規模和內容來說都超越了過去。……這部書給我最爲突出的印象有如下幾點：第一點，旗幟鮮明地運用歷史唯物主義和辯證唯物主義的歷史觀和方法論作爲他們治史的指導思想。……第二點，與過去一些戲曲史相比較，大大地減少了『文學』的分量，即減少了清傳奇、清雜劇那些案頭劇的介紹與分析，增加了地方戲與宮廷劇的篇幅，而使這部清代戲曲史的面目一新。第三點，是實事求是勇於開拓的良好學風。……第四點，不搞花架子，不以玩弄筆墨爲能事，耐得住坐冷板凳，耐得住寂寞，從這本書中強烈地感受到這種可貴的樸素踏實的學風。在學術界普遍存在浮燥風的今天，這種學風實在是值得尊重和提倡的。總之，《清代戲曲發展史》無論在材料的使用、章節的編排，對豐富多彩的清代戲曲歷史的整體描述，對其內在發展規律的揭示，都有所突破，它的出版，是一件值得慶賀的事情。」〔註 1〕

〔註 1〕 傅曉航《序》，秦華生、劉文峰主編《清代戲曲發展史》，北京：旅遊教育出

該書第一主編秦華生在所作《緒論》中說，該書「努力實踐」的四條「原則」之第四條爲「不囿於陳說，勇於探索創新」，並解釋說：「本書堅持歷史唯物主義和辯證唯物主義的治史原則，並融入當代意識，運用新方法，尋找新的闡釋方式。在深入考察和縝密分析之後，提出新的獨立見解。」〔註2〕據主編秦華生所作的《後記》中交待，第三章《晚清異軍突起》由劉小梅撰寫，據卷首所列編委會名單，劉小梅爲此書的編委之一；並經秦華生統稿。〔註3〕《晚清異軍突起》一章起於該書第149頁，止於第209頁；每頁30行，行28字；若以每頁840字計算，這長達60頁的一章，字數已經超過了50000字。

那麼，這一章文字的寫作眞相究竟如何呢？經仔細閱讀《清代戲曲發展史》第三章《晚清異軍突起》並與我的著作仔細對照，可以非常明確地斷定，該章從總體框架到具體內容，從主要觀點到材料運用，從語言表達到行文習慣，絕大部分抄襲剽竊了臺灣學生書局2001年9月出版的我的博士學位論文《近代傳奇雜劇史論》(書號：精裝ISBN957-15-1097-1；平裝ISBN957-15-1097-X)，其嚴重程度令我難以置信、怵目驚心。對這種完全不顧及學術道德，不遵守學術規則，破壞學術風氣，動搖學術底線的行徑，我無論如何都無法容忍。作爲合法著作權益受到嚴重侵害、研究成果遭到肆意殘踏的當事人，我必須揭露此書剽竊抄襲的眞相，將事實告知學界同仁和對此事有興趣的廣大讀者。

經考查比對，完全可以認爲，《清代戲曲發展史》第三章《晚清異軍突起》對我的《近代傳奇雜劇史論》的抄襲剽竊，是採取了多種方式蓄意進行的，是全面的抄襲和徹底的剽竊。爲明眞相，現將《清代戲曲發展史》第三章《晚清異軍突起》與《近代傳奇雜劇史論》一書的有關部分列出如下，如讀者有興趣，可以進行具體的對照比勘，並由此明辨二者究竟存在著怎樣的關係，判斷這一章文字究竟是怎樣寫出來的。歸納起來，這一章的抄襲和剽竊，是通過如下幾種方式進行的。

其一，總體結構的抄襲。這是《清代戲曲發展史》第三章抄襲剽竊行徑最集中、也是最明顯的表現，由此一點即可以相當充分地認識這一章抄襲剽

版社2006年版，第2～3頁。

〔註2〕秦華生、劉文峰主編《清代戲曲發展史》，北京：旅遊教育出版社2006年版，第8頁。

〔註3〕秦華生、劉文峰主編《清代戲曲發展史》，北京：旅遊教育出版社2006年版，第1210頁。

竊的眞相，也不難想像這些文字究竟是怎樣寫出來的。

由目錄和正文可以看到，《清代戲曲發展史》第三章《晚清異軍突起》的總體結構是：

第三章　晚清異軍突起

第一節　晚清時期的創作：一、資產階級改良派和知識界的大力宣傳，二、文人化、案頭化、功利化特徵，三、晚清傳奇雜劇的歷史地位

第二節　幾位重要劇作家：一、洪柄文，二、袁蟫，三、梁啓超，四、陳栩，五、高增，六、吳梅，七、王蘊章

第三節　主要題材類型：一、時事政治題材：（一）反映太平天國起義的作品，（二）關於維新變法與庚子事變的作品，（三）反映外國列強侵華的作品，（四）關於民主革命重要事件的作品，（五）其他時事作品；二、社會問題題材：（一）關於鴉片毒害的作品，（二）婦女解放與婚姻自由，（三）以現實社會問題爲基礎的警世之作，（四）宣揚忠孝節義的保守文化觀念；三、抗敵衛國的歷史題材；四、繼承傳統的文人雅士題材；五、外國相關題材；六、作者自述與抒情議論短劇

第四節　戲劇性變異：一、戲劇情節、衝突的淡化：（一）戲劇情節的削弱，（二）戲劇衝突虛化，（三）戲劇衝突弱化；二、戲劇人物平面化：三、戲劇作品的案頭化

第五節　劇本的體制變遷與語言變化：一、晚清傳奇雜劇的體制變遷；二、晚清傳奇雜劇的語言變化：（一）曲本位向文本位的轉化，（二）回歸質樸通俗，背離典雅華麗，（三）大量新興語彙的使用，（四）慷慨悲涼的時代色彩

第六節　晚清傳奇雜劇劇本中的舞臺性因素：一、劇場的變遷；二、劇本設計的服裝道具；三、劇本所設計的舞臺效果

《近代傳奇雜劇史論》一書的總體結構設計爲：

第一章　近代傳奇雜劇的戲劇史背景：第一節　乾隆末年以後的戲曲走向，第二節　近代戲劇的三足鼎立格局

第二章　近代傳奇雜劇概說：第一節　近代傳奇雜劇的著錄，第二節　近代傳奇雜劇的發展概況

第三章　近代傳奇雜劇代表作家作品述略：第一節　近代前期作家作品，第二節　近代中期作家作品，第三節　近代後期作家作品

第四章　近代傳奇雜劇的主要題材類型：第一節　政治時事劇：一、關於太平天國及其他農民起義的作品，二、關於維新變法與庚子事變的作品，三、關於民主革命重要事件的作品，四、關於時人時事的作品；第二節　社會問題劇：一、關於鴉片毒害的作品，二、關於婦女問題的作品，三、以現實社會問題爲基礎的警世之作；第三節　歷史題材劇：一、關於歷代抗敵衛國的英雄豪傑、堅守節操的文人雅士的作品，二、關於明末張獻忠、李自成起義的作品，第四節　外國題材劇：一、關於弱小國家命運與抗爭的作品，二，表現外國自強奮鬥歷史、反對專制統治、要求自主獨立的作品，三、關於愛情婚姻及其他，四、取材於外國文學名著的譯著參半之作，第五節　歷代小說筆記和歷代文獻題材劇：一、取材於《聊齋誌異》者，二、取材於唐人傳奇者，三、取材於歷代經史者，四、取材於歷代筆記及詩文者；第六節　作者自述劇與抒情議論短劇：一、作者自述劇，二、抒情議論短劇

第五章　近代傳奇雜劇的藝術新變：第一節　戲劇情節的削弱；第二節戲劇衝突的淡化：一、戲劇衝突虛化，二、戲劇衝突弱化；第三節　戲劇人物的平面化，第四節　戲劇劇本的案頭化

第六章　近代傳奇雜劇的文體特性：第一節　從曲本位走向文本位，第二節　傳奇雜劇文體規範的消解，第三節　傳奇雜劇之間文體界限的消失

第七章　近代傳奇雜劇的語言變革：第一節　近代傳奇雜劇語言的基本特點，第二節　報章文體對傳奇雜劇語言的滲透，第三節西學東漸對傳奇雜劇語言的影響，第四節　方言在傳奇雜劇中的運用

第八章　近代傳奇雜劇的演出劇場與舞臺藝術：第一節　新式劇場，第二節　服裝道具，第三節　舞臺效果

第九章　新見劇本介紹與有關史實考辨：第一節　關於新見近代傳奇雜劇十三種，第二節　關於五種稀見近代傳奇雜劇，第三節

若干近代曲家曲目考辨

附錄：近代傳奇雜劇目錄

主要參考文獻

非常明顯，《清代戲曲發展史》第三章的總體結構幾乎全部複製了我曾花費數年時間認眞研究之後而設計的博士學位論文《近代傳奇雜劇史論》的結構框架，除了去掉一些他們不需要的內容之外。試問，《清代戲曲發展史》第三章的總體結構爲什麼與《近代傳奇雜劇史論》如此相似？這種情況除了完整的抄襲和大膽的剽竊之外，還會有什麼其他的可能嗎？

與我的《近代傳奇雜劇史論》相比，《清代戲曲發展史》第三章雖有些許變化，但與其說這是「提出新的獨立見解」，不如說是有意爲之的障人眼目之法。比如其第三節「反映外國列強侵華的作品」這一小標題，雖然我的書中沒有這樣明確表述，但是看其內容，則可以斷定，這三百來字的一段，從觀點到材料，全部抄自《近代傳奇雜劇史論》第 118～119 頁，抄襲者的工作只是爲這段文字加上了這個小標題而已。又如「繼承傳統的文人雅士題材」的提法，看起來似乎不是襲用我的觀點，實際上，我在《近代傳奇雜劇史論》第四章《近代傳奇雜劇的主要題材類型》第三節《歷史題材劇》中，設置了「關於歷代抗敵衛國的英雄豪傑、堅守節操的文人雅士的作品」部分，並進行了較爲充分的闡發（見第 134～138 頁）。因此，可以認爲，《清代戲曲發展史》即使進行了巧妙的變相抄襲，也無法掩蓋其違反學術道德的事實眞相。而且，由這種欲蓋彌彰之舉中更可見此書蓄意抄襲剽竊的惡劣行徑。

其二，基本觀點的抄襲。直接沿用我在《近代傳奇雜劇史論》中提出的某些主要觀點，根本不注明出處，完全竊爲己有，當成了自己的發明，這是《清代戲曲發展史》第三章的另一種主要抄襲方法。

十多年前，我在攻讀博士學位、集中研究近代傳奇雜劇的過程中，曾根據查訪、閱讀過的比較豐富的原始材料、掌握的戲曲史和戲劇理論知識，並結合中國近代文學及其他相關研究領域的研究進展情況，提出或使用了一些觀點與概念，這些說法已經成爲《近代傳奇雜劇史論》的明顯特點之一，其中有的已經引起了學界同道的注意。比如，在概括近代傳奇雜劇的主要題材類型時，運用了「政治時事劇」、「社會問題劇」、「外國題材劇」、「作者自述劇與抒情議論短劇」等說法，這在《近代傳奇雜劇史論》第四章第一節、第二節（第 124～134 頁）、第四節（第 141～147 頁）和第六節（第 155～162

頁）中顯而易見；不幸的是，這些內容被《清代戲曲發展史》第三章第三節《主要題材類型》（第 170～184 頁）幾乎原封不動地搬用了，不僅基本觀點、主要概念完全相同，甚至連其中的各個小標題、具體的語言文字表達都是如此驚人的相同。又如，在討論近代傳奇雜劇的藝術新變時，我提出了「戲劇情節的削弱」、「戲劇衝突的淡化」、「戲劇人物的平面化」、「戲劇劇本的案頭化」等觀點，見《近代傳奇雜劇史論》第五章（第 163～222 頁）；這一章的主要觀點和核心內容也同樣不幸地被《清代戲曲發展史》第三章《晚清異軍突起》第四節《戲劇性變異》（第 184～191 頁）抄襲沿用了，所不同者，只是進行了大幅度的壓縮和改寫。同樣，《近代傳奇雜劇史論》的第六章《近代傳奇雜劇的文體特性》、第七章《近代傳奇雜劇的語言變革》、第八章《近代傳奇雜劇的演出劇場與舞臺藝術》，也無一例外地被《清代戲曲發展史》第三章《晚清異軍突起》的第五節《劇本的體制變遷與語言變化》、第六節《晚清傳奇雜劇劇本中的舞臺性因素》（第 192～209 頁）抄襲，只是由於篇幅的需要，抄襲者壓縮和改寫的力度有所加強而已，以至於不少地方變得錯漏連篇，甚至有的地方已經變得前言不搭後語。

可見，我在《近代傳奇雜劇史論》中提出或使用的主要觀點竟然如此全面、如此原封不動地出現在了《清代戲曲發展史》第三章中。這種驚人的相同現象的大面積出現，絕不能用偶然相似或所見略同來解釋，這種情況的出現其實只剩下了一種可能，那就是我在《近代傳奇雜劇史論》中提出的主要觀點，被《清代戲曲發展史》如此完整準確地抄襲了。可以說，《清代戲曲發展史》第三章除了完全抄襲沿用我的基本觀點之外，並沒有提出一個有學術價值的觀點或概念，也沒有提出一點有創新價值的心得或體會。不知道這等完全抄襲、大膽造假的「學術著作」，如何可以作爲「全國藝術科學八五規劃課題」的項目成果並得到出版的機會？

從以往的學術經歷和發表的研究成果來看，不論是該書的主編還是這一章的編寫者，對於近代傳奇雜劇都沒有進行過系統的研究，也沒有發表過有關的研究成果，他們提不出有創新價值且有學術價值的觀點，寫不出眞正屬於自己的學術心得，這本不足怪，甚至是必然的。但奇怪的是《清代戲曲發展史》的編寫者竟敢如此堂而皇之、如此恬不知恥地抄襲了他人的研究成果，以至於使他們從主編、編寫者淪落成爲抄襲者、剽竊者。假如不是這樣，那麼這種基本觀點的完全相同現象的出現，又怎樣才能做出合理的解釋？

其三，論述方式的抄襲。在正常情況下，每一個研究者思考問題與論述問題的方式、語言文字運用技巧和習慣，都經常帶有明顯的個性特徵；或者換一個角度來說，自己寫出來文字，自己是一定會很容易地辨認出來的，無論經過了別人怎樣的打扮或篡改。從論述方式、話語習慣的角度來看，《清代戲曲發展史》第三章大量抄襲複製了《近代傳奇雜劇史論》的有關內容，以至於達到了難以勝數的程度。這是該書大膽剽竊、盲目應付的又一主要手法，也是該書的編寫者嚴重違反學術規範和學術道德的又一有力證據。

從抄襲方法的角度來看，可以發現兩種情況：一種情況是《清代戲曲發展史》第三章中的大量文字與我的《近代傳奇雜劇史論》中的有關文字幾乎完全相同。這是一種明目張膽的「忠實」原作的抄襲，也同樣讓人一看便知其底細。比如：《清代戲曲發展史》第三章《晚清異軍突起》第一節《晚清時期的創作》的第二自然段寫道：

> 從中國文化發展的基本脈絡上看，晚清戲劇發生發展的文化史背景是相當特殊的，最集中地表現在中國文化自從 1840 以來面臨著空前尖銳的矛盾與危機，發生著空前深刻的變革。西方近代文化以武力強權爲主要輸入方式，對中國傳統文化構成前所未有的重大衝擊，中國文化的各個層面在沒有充分準備的情況下，都不得不作出必要的回應。長期以來不斷進行自我完善，自我更新的中國傳統文化在外來文化的刺激下，開始了深刻廣泛而又異常激烈迅速的嬗變革新進程。近代中國文化所面臨的這一基本格局，簡而言之，就是一個中外文化的衝突交融，古今文化的整合重建過程。晚清傳奇雜劇是這一特殊文化嬗變格局中的產物，也是這一非凡歷史過程的形象反映。（第 149 頁）

《近代傳奇雜劇史論》第一章《近代傳奇雜劇的戲劇史背景》中是這樣寫的：

> 從中國文化發展的基本脈絡上看，近代戲劇、近代文學發生、發展的文化史背景是相當特殊的，最集中地表現在中國文化自從近代以來面臨著空前尖銳的衝突與危機，發生著空前深刻的變革。一方面是西方近代文化以武力強權爲主要方式的輸入，對中國傳統文化構成前所未有的重大衝擊，中國文化的各個層面在沒有充分準備的情況下，都不得不作出必要的回應；另一方面，長期以來不斷進行自我完善、自我更新的中國傳統文化在外來文化的刺激下，進入

了非常激烈迅速、異常深刻廣泛的嬗變革新過程之中。近代中國文化面臨的這一基本格局，簡單地說就是中外文化的衝突交融、古今文化的整合重建過程。中國近代戲劇、中國近代文學實際上既是這一獨特文化格局的產物，也是這一非凡歷史過程的形象反映。（第 1～2 頁）

可見，《清代戲曲發展史》第三章從一開始就對我的著作進行了大規模的抄襲，因此二者的觀點、字句竟可以如此的相似。這種情形的出現，豈是偶然的相同或相似所能夠解釋的？不妨再舉一例。《清代戲曲發展史》第三章《晚清異軍突起》第三節《主要題材類型》第二自然段寫道：

本節試圖從主要的題材類型著手來揭示晚清傳奇雜劇的某些基本特徵。大致將晚清傳奇雜劇按照題材類型劃分爲以下 6 種：政治時事劇、社會問題劇、歷史題材劇、外國題材劇、文人雅士劇、作者自述劇與抒情議論短劇。這種分類主要以作品題材內容爲標準，不過也有變通，如「抒情議論短劇」就是依據劇本的主要表現手法來分類的。當然，對於任何一種分類標準來說，都必然會出現部分作品跨類或交叉的情況。（第 170 頁）

我的《近代傳奇雜劇史論》第四章《近代傳奇雜劇的主要題材類型》的第二自然段則是：

本章主要討論近代傳奇雜劇的主要題材類型，試圖從這一角度展示近代傳奇雜劇的某些基本特徵。本章擬將近代傳奇雜劇劃分爲以下諸種類型：政治時事劇、社會問題劇、歷史題材劇、外國題材劇、歷代小說筆記和歷代文獻題材劇、作者自述劇與抒情議論短劇。需要說明的是：第一，這裡的分類，主要以作品題材內容爲劃分標準，但亦有變通，如「抒情議論短劇」就是依據劇本的主要表現手法來分類的。第二，以這樣的標準劃分種類，可能出現部分作品跨類或出現邏輯上的交叉現象，在寫作中當盡量避免重複論說的情況出現。第三，分類的主要目的是從題材類型的角度揭示近代傳奇雜劇的特點，而不是試圖包涵所有的作品，因此對展示近代傳奇雜劇特點意義不大的某些作品，不能不有所忽略。（第 106 頁）

《清代戲曲發展史》第三章的許多文字與我的《近代傳奇雜劇史論》竟然如此相似，甚至一些地方完全相同，一字不差，這除了說明抄襲者的「全面認眞」之外，還能說明什麼？試問，假如不是有什麼特異功能或超凡記憶力，即使是同一個人，在不是抄寫的情況下，能不能將兩段文字寫得如此相似？可見，不論是論述方式還是遣詞用語，《清代戲曲發展史》第三章都顯然抄襲剽竊了我的《近代傳奇雜劇史論》。以上所舉都是長達二三百字的例子，實際上，這種大量複製我的著作的惡劣情形在《清代戲曲發展史》第三章中連續大面積地出現，可以說是隨處可見，以至於達到無法一一列舉的程度。

另一種情況是二者的文字雖然有些差異，但《清代戲曲發展史》第三章是明顯地將我的《近代傳奇雜劇史論》中的有關文字進行拼湊組接處理而成的。這種抄襲方法看來「高明」了一點，實際上，不需要特別仔細比對，就能夠不費力氣地識別這些文字的來歷。《清代戲曲發展史》第三章《晚清異軍突起》第二節《幾位重要劇作家》中，對袁蟫戲曲創作的一段概括評價就是如此：

> 袁祖光所作雜劇大多篇幅短小，這與明末清初以降傳奇雜劇的體制規範發生的變化密切相關。他的思想文化態度，在近代以來以學習西方爲主導的文化走勢中尤其顯示出獨特的認識價值。他的劇本有的寄託了作者對人生、時局、文化的強烈關注和深沉感慨，有的也反映出作者較爲保守的政治文化立場。他的作品總體地體現出當時許多人的文化憂慮，代表了當時特定歷史時期一般的知識分子傷時憂國、憤世嫉俗的作風，顯示出一種複雜而深刻的思想矛盾和文化衝突。（第 159 頁）

《近代傳奇雜劇史論》第三章《近代傳奇雜劇代表作家作品述略》第二節《近代中期作家作品》中，關於袁蟫及其戲曲創作的一段總結性文字是這樣的：

> 袁祖光所作雜劇大多篇幅短小，十種之中，除《望夫石》一種爲四齣加楔子，係標準的元雜劇體制外，其他九種均僅一折，這與明末清初以降傳奇雜劇體制規範發生的變化密切相關。故事動人，人物鮮明，情感眞摯，更重要的是劇中寄託了作者對人生、時局、文化風尚的強烈關注和深沉感慨。……瞿園雜劇最值得重視的，是其中表現出來的複雜而深刻的思想矛盾和文化衝突，它們不僅困擾著作者，也是同時代的許多人憂慮的文化問題，具有較廣泛的思想意義。……另外一部分作品則集中反映了袁祖光比較保守的政治文化立場。如《望夫石》對日本女子愛哥因盼望出征在外的丈夫而化

> 爲望夫石的肯定，《三割股》中對兒媳、女兒爲醫治公公、父親重病，恪盡孝道，割股療親的褒揚，對在外追求自由之二兒媳的否定等，都是特別明顯的例子。袁祖光的思想文化態度，在近代以來以學習西方爲主導的文化走勢中尤其顯示出獨特的認識價值。（第 78～79 頁）

很明顯，《清代戲曲發展史》第三章中的這段文字，只是根據編寫者的需要，將我的文字進行了一些改動、經過重新組接之後而成的，不僅沒有提出任何新的觀點、得出任何新的判斷，而且連遣詞用語、語言文字、行文習慣都明顯地抄襲複製了。再舉一例：《清代戲曲發展史》第三章第四節《戲劇性變異》中寫道：

> 作者在構思與創作過程中，強烈的激動，深刻的憂憤沖淡了一切，無心無暇對戲劇衝突予以足夠的注意，主要人物在許多場合不是作爲劇中的一個角色在表演，在很大程度上是作者借人物之口在宣講、議論和抒情。在戲劇人物身上，隱約看到情緒高漲，不能自已的作者形象。作者已經把自己和作品變成了時代精神的單純傳聲筒。（第 187 頁）

而《近代傳奇雜劇史論》第五章第二節《戲劇衝突的淡化》中本來是這樣寫的：

> 關鍵的問題是，作者在構思與創作過程中，無心無暇對戲劇衝突予以足夠的注意，強烈的激動、深刻的憂憤沖淡了一切，主要人物在許多場合不是作爲劇中的一個角色在表演，在很大程度上是作者借人物之口在宣講、議論和抒情。在戲劇人物身上，我們隱約看到情緒高漲不能自已的作者形象。作者和作品的這種情形頗有點像馬克思所說的「把個人變成時代精神的單純的傳聲筒」……（第 182 頁）

可見，抄襲者除了將我的著作的原來語序調動了一下、省略了「我們」二字、抹去了引文的痕迹、改動了幾個標點符號之外，其他幾乎全部是照抄我的著作原文，而沒有做任何有價值的事情，這不是再明顯不過的事實嗎？

不需再舉例證，上述情況已足以證明，《清代戲曲發展史》抄襲剽竊我的《近代傳奇雜劇史論》的明顯事實和嚴重程度。《清代戲曲發展史》第三章《晚清異軍突起》中出現的大量的與《近代傳奇雜劇史論》極其相似甚至完全相同的字句，充分證明了該章的編寫者蓄意抄襲剽竊我的研究成果並進行一定程度的僞裝的嚴重事實。假如不是這樣，那麼誰能想像兩個人的著作竟可以如此的相似？

其四，原始材料的抄襲。在一般情況下，學術研究中使用的基本文獻和原始材料，本無所謂抄襲的問題。但是，由於近代傳奇雜劇研究的某些特殊性，有關文獻資料的系統整理尚未進行，有些文獻資料的零散性與珍稀性，造成了材料搜求與運用方面的困難，使得假如不是進行此方面研究的專業人士，想要獲得足夠的文獻資料是相當困難的。有足夠的證據證明，《清代戲曲發展史》第三章中運用的絕大部分材料並不是來自原始文獻的第一手材料，而是直接抄自我的《近代傳奇雜劇史論》。不得不承認，這種抄襲方式應當做爲《清代戲曲發展史》第三章的一個突出特點來看待。

比如，《清代戲曲發展史》第三章第四節《戲劇性變異》中評價梁啓超的戲劇特點時說：「他的傳奇《劫灰夢》、《新羅馬》和《俠情記》均未完，從已經完成部分的情況可以看出，3 種傳奇的非情節化、非故事化傾向也十分明顯。僅完成 1 齣的《劫灰夢》，作者感於甲午戰敗，庚子國變，列強侵略，人心不振，憂憤已極，欲以戲曲喚醒同胞，遂借劇中人物杜撰之口表白道」，這段文字完全是抄襲《近代傳奇雜劇史論》第 173 頁：「梁啓超的傳奇《劫灰夢》、《新羅馬》和《俠情記》均未完，從已經完成部分的情況可以看出，三種傳奇的非情節化、非故事化傾向也十分明顯。僅完成一齣的《劫灰夢》，作者感於甲午戰敗，庚子國變，列強侵略，人心不振，憂憤已極，欲以戲曲喚醒同胞，遂借劇中人物杜撰之口表白道」。抄襲者只是將原書中的「梁啓超」換成了「他」，「三種」換成了「3 種」，「一齣」換成了「1 齣」而已。緊接著就是這樣的引文：

> 我想歌也無益，哭也無益，笑也無益，罵也無益。你看從前法國路易第十四的時候，那人心風俗不是和中國今日一樣嗎？幸虧有一個文人叫做福祿特爾（伏爾泰），做了許多小說戲本，竟把一國的人從睡夢中喚起來了。想俺一介書生，無權無勇，又無學問可以著書傳世，不如把俺眼中所看著那幾樁事情，俺心中所想著那幾片道理，編成一部小小傳奇，等那大人先生、兒童走卒，茶前酒後，作一消遣，總比讀那《西廂記》、《牡丹亭》強得些，這就算我盡我自己面分的國民責任罷了。（《清代戲曲發展史》第 191 頁）

這段文字同樣見於《近代傳奇雜劇史論》第 173 頁，不同之處僅在於：我書中的「福祿特爾（引者按今譯伏爾泰）」變成了「福祿特爾（伏爾泰）」，省去了「引者按今譯」五字；「強得些些」變成了「強得些」，脫去了一個「些」字，將原本正確的材料改成了錯誤的。

《清代戲曲發展史》第三章第六節《晚清傳奇雜劇劇本中的舞臺性因素》中說：

> 王蘊章補訂的《蘇臺雪傳奇》第十齣《殉丹》中寫道：
>
> （臺上放煙火介）（生）這丹陽城中火起，果然賊兵進城，和大帥不知怎樣了。（第 208 頁）

《近代傳奇雜劇史論》第八章《近代傳奇雜劇的演出劇場與舞臺藝術》第三節《舞臺效果》中原本是這樣寫的：「秋江居士（文鏡堂）原著、西神殘客（王蘊章）補訂的《蘇臺雪傳奇》第十齣《殉丹》也寫道：『（臺上放煙火介）（生）這丹陽城中火起，果然賊兵進城，和大帥不知怎樣了。』」（第 345～346 頁）可以看到，二者的不同之處僅在於抄襲者將原來的隨文引文改成了獨立引文，將原來交代得明白的「秋江居士（文鏡堂）原著、西神殘客（王蘊章）補訂的《蘇臺雪傳奇》」改成了一句讓人覺得沒頭沒腦、不知所云的「王蘊章補訂的《蘇臺雪傳奇》」而已。文鏡堂原著、王蘊章補訂的《蘇臺雪傳奇》刊載於《小說新報》第二期至第十二期，1915 年至 1916 年出版。假如《清代戲曲發展史》第三章的編寫者真的看過原作，怎麼能犯下如此低級的錯誤？假如有一點專業知識或者抄襲得認真一點，又怎能將原本正確的材料抄錯？

再舉一例。《清代戲曲發展史》第三章第六節《晚清傳奇雜劇劇本中的舞臺性因素》寫道：

> 陳尺山在《痲風女》傳奇第十八齣《求醫》中，相當頻繁地使用了場幕：
>
> （幕啓）（旦倚榻畔方几，支頤坐介）（生近旦耳語介）（副末請淨就診介）（淨就診，細詢病狀畢，起立介）（淨）此病原不累贅，只怕拖延太久，有些棘手罷咧。待咱出外寫方配藥者。（副末、生導淨下）（幕復閉）……（幕啓，旦偎衾靠榻，半臥半坐呻吟介）（副末、生引丑上）……（副末、生引丑下）（幕復閉）……（幕啓）（旦倚枕呻吟，生坐在榻旁撫慰介）……（生輕輕撫摩介）（旦閉目入睡介）（幕復閉）

> 場幕在這裡成爲更換舞臺場景、推進情節的重要手段。（第 209 頁）

這段文字也見於《近代傳奇雜劇史論》第八章《近代傳奇雜劇的演出劇場與舞臺藝術》第三節《舞臺效果》（第 351～352 頁），不同之處僅僅在於，抄襲者把本來正確的「《痲瘋女傳奇》」錯成了「《痲風女》」，在引文之後刪去了「這是在同一齣戲中多次出現幕啓幕閉的典型例子」一句話而已。

最爲奇特的是《清代戲曲發展史》第三章《晚清異軍突起》的結尾方式和材料處理：

> 與場幕的情形相似，中國傳統的戲曲舞臺上極不重視佈景的設置。直到 20 世紀以後，傳奇雜劇劇本中才開始出現關於佈景的舞臺說明。還是陳尺山的《痲風女》傳奇，該劇第十六齣《抵淮》寫道：
>
> （臺上佈野景，河流屈曲，野樹蕭疏）（末短衣背囊，旦亂頭破衣同上）

該章竟以如此奇異的方式結束了！且不說將這段材料置於這一章最後、其後不加一字評述、并至此結束該章的怪異，也不說再次將《痲瘋女》錯成了「《痲風女》」的荒誕；僅就這段文字來看，就可以說，前面的文字抄自《近代傳奇雜劇史論》第 352 頁，只是進行了一些局部改動和壓縮；後面的舞臺說明材料抄自同書第 354 頁，只是省去了隨後的曲詞【如夢令】。陳尺山所作的《痲瘋女傳奇》，原載《中華婦女界》第一卷第十期至第十二期、第二卷第一期至第六期，1915 年 10 月 25 日至 1916 年 6 月 25 日出版，共刊出二十三齣，未完；又題《病玉緣傳奇》，有上海中華書局單行本，1917 年 5 月至 6 月初版，1932 年 10 月再版。《清代戲曲發展史》第三章的編寫者能夠回答是從何處看過何種版本的《痲瘋女傳奇》的嗎？這條材料不是抄來的又是來自何方？不能不說，《清代戲曲發展史》第三章編寫過程中的匆促狼狽之相，在這種極其怪異的處理方式中已經表現得再充分不過。

有必要順便說明一下，《清代戲曲發展史》第三章《晚清異軍突起》第二節《幾位重要作家》中選取了七位代表性戲曲家並對他們的生平事迹、主要著述、戲曲創作進行了介紹。這裡且不論選擇的標準和結果恰當與否，僅就其文字內容而論，就可以肯定地說，一部分抄自我的《近代傳奇雜劇史論》，還有一部分抄自梁淑安、姚柯夫的《中國近代傳奇雜劇經眼錄》（北京：書目文獻出版社，1996 年 10 月）。

其五，一條注釋裏的乾坤及其他。《清代戲曲發展史》第三章《晚清異軍突起》肆無忌憚地大規模抄襲剽竊的主要事實已如上述，實際上這一章抄襲剽竊的方法還不止於此，留下的痕迹也當然還有許多。在書中的注釋和其他關鍵細節上，也不難發現其肆意侵害他人學術成果而留下的痕迹。

這一章的許多文字顯然是抄自我的《近代傳奇雜劇史論》一書，此書也並非完全沒有提及我的名字。該章曾經在注釋中提及過我的名字一次，就是在引用了夏仁虎的一條材料之後，在當頁腳註中說的：「轉引自左朋軍《近代傳奇雜劇史略》245 頁，臺灣學生書局印行 2001 年版。」（第 194 頁）這條注釋雖然不長，卻暴露了《清代戲曲發展史》第三章《晚清異軍突起》經常性地轉引他人著作所用材料的嚴重事實；而且，這一條短短的注釋中竟出現了三處非常明顯的錯誤：一是竟將我僅僅三個字的姓名寫錯一字，《近代傳奇雜劇史論》的封面、扉頁、版權頁等處均明白地寫著「左鵬軍著」；二是將書名「史論」錯成了「史略」；三是竟然說出了「臺灣學生書局印行 2001 年版」這種文理完全不通的話來。

《清代戲曲發展史》第三章中這一處大有乾坤奧妙的注釋，不僅不能掩蓋其抄襲剽竊的事實眞相，而且欲蓋彌彰地告訴人們此章的學術水平和語言文字水平已經低劣到何種程度！以這等手段和這等水平，究竟如何實現該書主編秦華生所說的「努力實踐」並「堅持歷史唯物主義和辯證唯物主義的治史原則」？如何「在深入考察和縝密分析之後，提出新的獨立見解」？莫非抄襲剽竊也算是在進行「縝密分析」和提出「獨立見解」？

假如再仔細一點考查，就會發現此書抄襲剽竊的乾坤遠不止於此，而可以說達到了全面徹底的程度。比如，這一章的標題叫做《晚清異軍突起》，文中必然多用「晚清」二字，而我的《近代傳奇雜劇史論》一書中多用「近代」，於是抄襲者便將原書中的「近代」全部替換成了「晚清」。這種改變看似解決了標題與正文不統一的問題，卻帶來了更加嚴重的錯誤，他們把一些本來產生於「民國」時期的作品也當成了「晚清」時期之作。上文所說的被再三引用的《麻瘋女傳奇》就是，第 207 頁抄錄和評論的《軒亭秋傳奇》、《星劍俠傳奇》和《漢江淚》傳奇也都是，這樣的例子還有一些。這種情況大概是抄襲者沒有注意到的，卻恰恰從另一角度反映了《清代戲曲發展史》第三章抄襲剽竊的嚴重事實。

又如，《清代戲曲發展史》第三章《晚清異軍突起》第一節《主要題材類型》中，提到「蕭山湘靈子（韓茂棠）的《軒亭冤》」（第 173 頁）。這顯然抄自《近代傳奇雜劇史論》第 119 頁，只要稍作對照即可知曉；不僅如此，由這一細節本身就可以斷定，這些文字一定是抄襲了我的著作。因爲，《軒亭冤傳奇》的作者「蕭山湘靈子」的眞實姓名就是浙江蕭山人韓茂棠的結論，是我首次通過文獻考證得出來的，這一點已經得到有關專家的認可。我的文章和著作俱在，可是《清代戲曲發展史》第三章的編寫者哪裏可能知道這些情況？

此外，《清代戲曲發展史》第三章《晚清異軍突起》中留下的若干繁體字痕迹也頗堪玩味。我的《近代傳奇雜劇史論》是在臺北出版的，使用的當然是繁體字；《清代戲曲發展史》是在北京出版的，全部使用簡化字。可是其第三章中卻令人詫異地出現了繁體字，比如：第 155 頁「《水巖宮》」的「巖」，第 159 頁「就學於學海堂」的「於」，第 162 頁「錢塘駢禽何頌花」的「禽」，第 169 頁「《梁溪詞徵》」的「徵」（梁亦誤，當作梁），第 175 頁「玉鈎痕」的「鈎」，等等。因此，可以認爲，這些本不該出現的繁體字，是抄襲者未及全部消滅而不愼遺留下來的痕迹，這當然也可以作爲其抄襲《近代傳奇雜劇史論》的一個證據。

其六，數目衆多、低級粗糙的錯漏與硬傷。除上述種種之外，《清代戲曲發展史》第三章《晚清異軍突起》中，還出現了多處知識性錯誤和語言文字錯誤。其錯漏不僅數量多，而且情況非常嚴重。從專業的角度來看，已經難以詳細統計這一章的 50000 多字中究竟出現了多少次知識性錯誤和語言文字錯誤，其學術硬傷之眾多、之嚴重，令人難以置信，無法卒讀。現舉幾例。

第 151 頁寫道：「同年（1897），譚嗣同等人倡導『詩界革命』；次年（1898）年，梁啓超發表《譯印政治小說序》、《論小說與群治之關係》兩文，影響更大，倡導『新文體』與『小說界革命』，這可算作近代初期的文學革命運動。」稍有一點中國近代文學史和文學批評史常識的人都看得出，這種表述是違反事實的，存在多處錯誤。最明顯的如：第一，譚嗣同從來沒有倡導過「詩界革命」，這一口號是梁啓超在 1899 年所作的《汗漫錄》（後改名《夏威夷遊記》）中正式提出來的，後來在 1902 年至 1907 年間陸續完成的《飲冰室詩話》中又作了進一步的發揮和總結；第二，梁啓超的《論小說與群治之關係》發表於 1902 年 11 月 14 日在日本橫濱出版的《新小說》雜誌創刊號上，而絕不是 1898 年；第三，「新文體」也根本不是在《譯印政治小說序》和《論小說與群治之關係》兩篇關於小說的文章中倡導的，最能表現梁啓超關於「新文體」見解的當然是 1920 年 10 月寫成的《清代學術概論》；第四，至於「近代初期的文學革命運動」的說法，實在是聞所未聞，不知道這一奇特的表達方式所指究竟是什麼？梁啓超生於 1873 年，卒於 1929 年，而「小說界革命」和「新文體」都發生於十九世紀末至二十世紀初，不知道是如何「可算作近代初期」的？

從第 155 頁起，此書十幾次提及近代著名戲曲家洪炳文的名字，但奇怪的是決無一次是正確的，全部把「炳」錯成了「柄」字，這種錯誤在專門研究晚清（或近代）戲曲史的「學術著作」中反覆出現，是不可想像的。第 164 頁出現了「高燮（宇吹萬）」，「宇」當然是「字」之誤。第 168 頁的「徐錫林」顯然是「徐錫麟」之誤。第 171 頁寫道：「戊戌維新變法對近代中國來說都是極其重要的政治時間」，此語顯然是抄襲《近代傳奇雜劇史論》第 115 頁，原文作：「無論從哪一角度考察，戊戌維新變法對近代中國來說都是極其重要的」。抄襲者只刪去了前面的「無論……」，而後面的「都」卻忘記了刪除，於是出現了如此怪異的句法；加上的兩個字「時間」則完全不知所云，大概原本是想寫成「事件」吧。由此甚至可以推斷抄襲者在電腦前工作時採用的很可能是漢語拼音輸入法。第 177 頁寫道：「《東學界之一軍國民》寫女子謝錦琴邀友觀賞西方名花『維多得亞』」，這顯然是將作者署名「東學界之一軍國民」錯當成了劇作名，此人眞實姓名未詳，所作傳奇爲《愛國女兒》。在第 180 頁中，更有將岳飛大破金兵之地「朱仙鎭」錯成了「朱賢鎭」，將明末廣東南海反清義士「鄺湛若」錯成「鄺諶若」，這樣令人驚心的例子書中還有不少。這不能不令人聯想到《清代戲曲發展史》第三章《晚清異軍突起》的編寫者除了缺乏關於晚清（近代）戲曲與文學的基本常識外，關於中國文學與文化的基本常識同樣是多麼匱乏！

第 192 頁則寫道：「早在嘉靖、道光時期，以《揚州畫舫錄》著稱的李斗，創作了兩種傳奇《歲星記》和《奇酸記》，將傳奇雜劇的體制糅合在一起，名爲傳奇，卻採用了 4 折加楔子的雜劇體制，每折內容又分爲 6 齣。」顯然，此語抄自《近代傳奇雜劇史論》第 8 頁，原文爲：「以《揚州畫舫錄》著稱的李斗，創作了兩種傳奇《歲星記》和《奇酸記》，將傳奇與雜劇的體制糅合到一起，名爲傳奇，卻採用了四折加楔子的雜劇體制，每折內部又分爲六齣。」抄襲者所改動的只有「每折內容又分爲 6 齣」，將原本通順的文字改得不通；抄襲者所加的只有「早在嘉靖、道光時期」而已，僅此八字，卻形成了如此荒誕滑稽的戲劇性效果。這一定是把清仁宗年號「嘉慶」（1796～1820）和明世宗年號「嘉靖」（1522～1565）混爲一談了。實際上，這兩個年號雖僅一字之差，時間上卻相差了兩個半世紀以上！看到這樣的文字，實在不知道該如何評價《清代戲曲發展史》第三章編寫者的專業水平和文化素養，只能說，想不到「關公戰秦瓊」的事情竟也可以出現在這樣的「學術著作」之中！

第 202 頁寫道：「梁啓超的《新羅馬》傳奇『筆尖常帶感情』，意境宏大，雄健深沉，堪爲這類風格的代表之作。」且不說此種論調的毫無根據，這種觀點的無法成立，因爲這是 1920 年梁啓超在《清代學術概論》中對自己和同道者從前所做的「新文體」文章做出的評價，與《新羅馬傳奇》毫無關係；僅從文字上看，竟將梁啓超在《清代學術概論》中所說的「筆鋒常帶情感」這六個字弄錯了三個！這種情況的出現，或是因爲粗心大意，不求甚解，或是根本就沒有讀過原作，也就不可能意識到自己的錯誤。這就不能不令人心生疑惑，此等文字，還可能有什麼學術性可言？這等水平，還有什麼學術價值可說？《清代戲曲發展史》第三章《晚清異軍突起》中，諸如此類的知識性錯誤和語言文字錯誤還有多處，不勝枚舉。

這種令人驚駭不已、讓人目瞪口呆的嚴重事實，從另一個角度表明《清代戲曲發展史》第三章的粗糙草率已經到了何種程度，以至於連抄襲都不能抄得少出些文字錯誤。這不能不極大地動搖和瓦解讀者對這一章的學術價值的信心，此書的總體價值和水平也不能不因爲這一章而受到非常嚴重的影響，甚至不能不讓人懷疑此書的主編者、這一章的編寫者及其他有關人員的學術道德和專業水平究竟如何。

由上所舉事實可以斷定，《清代戲曲發展史》第三章《晚清異軍突起》決非如同傅曉航在《序》中所讚譽的那樣具有「實事求是勇於開拓的良好學風」，也根本看不到「耐得住坐冷板凳，耐得住寂寞，……可貴的樸素踏實的學風」；也決不像主編秦華生所自詡的那樣「勇於探索創新」，也根本沒有「堅持歷史唯物主義和辯證唯物主義的治史原則，……在深入考察和縝密分析之後，提出新的獨立見解」。令人非常震驚也極度失望的是，我所看到的恰恰是傅曉航所批評的學術研究中的「浮燥風」，甚至是比「浮燥風」更加嚴重、更加惡劣的公然抄襲、大肆剽竊的行徑，是蓄意敗壞學術道德、污染學術風氣、侵害他人合法著作權益的肆意行徑。以這種卑劣的態度和惡劣的做法進行國家級科研項目的研究，進行「學術著作」的編寫，怎能相信其「勇於探索創新」？豈能指望其「提出新的獨立見解」？因此，傅曉航說「這種學風實在是值得尊重和提倡的，……它的出版，是一件值得慶賀的事情」，這樣的話也就實在不知道該從何處說起，也不知道該怎樣理解了；更不知道此書的主編是根據什麼、從何等意義上對自己的著作做出如此高度評價的？看看這部《清代戲曲發展史》如此嚴重、如此惡劣的故意抄襲事實、剽竊他人學術成果的行爲，看看爲之作序者的高度評價和主編高調的自我表白，不能不讓人感到產生了一種極其強烈的滑稽反諷效果。

非常明顯，《清代戲曲發展史》第三章《晚清異軍突起》以多種方式構成了對我的《近代傳奇雜劇史論》的全面抄襲和剽竊。無視基本的學術道德，完全違反了一般的學術規則，放肆地突破了可以容忍的底線，極大地踐踏了學術的尊嚴，嚴重地敗壞了學術風氣，也嚴重地侵害了我的合法著作權益。因此我必須將其公開抄襲、野蠻剽竊的眞相告知學界和讀者，並鄭重聲明保留採取進一步維護自己合法權益行動的權利。

需要說明的是，本文的意圖只是揭露《清代戲曲發展史》第三章《晚清異軍突起》抄襲剽竊我的《近代傳奇雜劇史論》的事實眞相，並不是對《清代戲曲發展史》一書進行全面的評論，因此沒有涉及此書的其他部分。至於此書的其他部分的學術質量和寫作水平如何，第三章中出現的這種抄襲剽竊現象在該書中是否爲絕無僅有，則已不在本文所討論的範圍之內；而且按照現在的心情和想法，我也沒有再繼續考查、討論此書其他部分的興趣。

再說一遍：《清代戲曲發展史》編委會主任徐恒進、周傳家；主編秦華生、劉文峰；第三章《晚清異軍突起》執筆劉小梅，統稿秦華生；北京：旅遊教育出版社 2006 年 12 月出版。作爲被抄襲者、被侵害者，我有權力要求此書的主編、該章的作者及此書的出版者對此予以明確的答覆，與此書編寫、出版有關的人員和單位也有義務告訴學術界與廣大讀者，作爲「全國藝術科學八五規劃課題」結項成果的《清代戲曲發展史》，其第三章究竟怎樣寫出來的？

後　記

不論是由於怎樣的機緣或是在怎樣的情境下，也不論是出於自我的主動抑或是來自外在的被動，回憶總是百味雜陳、百感交集，又經常是欲罷不能、欲說還休的，特別是比較清晰地意識到自己已經處於一定的人生階段，對自我、他人、過往、未來乃至人生與世界都有了愈來愈豐富的感受的時候。回憶雖然不能說是年紀較長者的專利，卻很可能是經歷豐富者的擅長。回憶有時候是溫馨快慰、令人留連的，有時候卻是傷感莫名、無可奈何的。我對自己二十五六年來學術經歷的回憶，也總是充盈於心的溫馨感動與無可言說的若有所失相生相伴。在編輯修訂這本小書準備交付出版的時候，我的心裏就經常泛起這樣一種從前未嘗有過的複雜感受，也經歷了以往似乎未曾有過的一段心路歷程。

收入本書中的文章，最早的寫於二十五六年前。那時候我已經非常欣喜地知道自己即將由一個只有本科學歷的助教成爲一名攻讀碩士學位研究生，那是我爲之追求奮鬥了好幾年的理想。最近的則寫於去年，我同樣清醒地知道自己在學生們眼中早已不再是一名青年教師，甚至在有的方面可能已經成爲一個頗爲固守、不合時宜的教師了。不敢說是對自己既往研究經歷的一個小結，因爲這些文字並沒有什麼總結的價值，當然也就沒有這樣的必要。但對這些多年積累下來的文字我仍然有些感情，甚至可以說非常珍視，特別是在今天看來其中一些對於我的學習和成長具有特殊意義、值得特別記起的篇章。比如，《闡釋的偏差及其思考——〈戒浮文巧言論〉的評價問題》是我 1987 年冬天完成的。當時還在四平師範學院工作、等待第二年碩士研究生入學的我心懷忐忑地把習作郵寄給遠在廣州的管林先生、鍾賢培先生審閱，當作是向老師們彙報自己讀書思考的情況。沒有想到不久之後的一天，我突然收到鍾老師的回信，告訴我文章可以收錄在老師們正在編輯的《中國近代文學評林》第三輯中。這樣的喜迅對我來說實在來得太突然太意外，我至今還清晰地記得在那個寒冷的冬夜裏捧讀老師鼓勵話語時心中昇起的溫暖。於是這篇習作也就成了我第一篇正式發表的文章。《對〈晚清小說質言〉的質言——與劉路商榷》一文的寫作也完全是在老師們的教導啓發下進行的。那是 1987 年 5 月下旬，我乘坐火車經過五十多個小時、將近三千五百公里的路程從四平來到廣州參加碩士研究生入學考試復試。那天下午，復試在那時的中文系——那座如今早已被夷爲平地的民國時期所建的西式小樓的一樓會議室裏進行。先是有人交給我那篇我並未看過的文章，讓我邊讀文章邊思考，準備面試。準備了大概半個小時，老師們開始審聽我對那篇文章觀點的認識和評價，隨後又問了幾個學習和工作方面的具體問題，算是對我考查的結束。後來我才知道，那天老師們給了我一個「良好」的成績並決定錄取，一年後也如願以償地來到了老師們身邊讀書學習。但是那天的復試還是給了我很大的震動，一是我對自己的表現並不怎麼滿意，可能是由於過度緊張，自己的水平和一些認識好像沒有完全發揮出來；二是我對自己讀書太少、特別是不大注意有關研究領域近期的學術動態感到慚愧。同時也給了我深刻的教益，最重要的是如何學會獨立思考、自主判斷學術上的是非眞假，進入比較正確的學習和研究狀態。那場並沒有競爭的復試的啓發和教益卻促使我進一步思考這一問題，後來就把關於近代譴責小說的評價及其標準的認識寫成了這樣一篇文字。《文學史的負値研究》、《文學史的「張力」觀》這樣的文章也是攻讀碩士學位期間寫下的。當年還算年輕的我思維比較活躍，膽量也比較大。這些文字中明顯地帶有二十世紀八十年代中期特有的文學研究新方法、新觀念影響的痕迹。我也仍然清楚地記得研究生同學告知看到我的文章在報紙上發表的消息、我隨後就急切地去找那張報紙來看的時候帶給我的意外欣喜，當然還有一些得意。《二十世紀九十年代「學術史熱」的人文學意義》則是在中山大學攻讀博士學位時爲政治課寫的作業，寫作過程和結果都頗有些特別。一篇爲得到課程成績而寫的文字卻更加意外地發表在上海的一份著名刊物上，當原本不大敢有什麼奢望的事情竟然變成了現實的時候，感受到的鼓勵就益發強烈。現在說起這些陳年往事，並沒有沾沾自喜的得意，也不敢說悔其少作的話，只是覺得那些早年的文字反而給我留下了更深切的印象，多年前的舊事彷彿離現在的我更近。今天回顧這些，也算是給自己留下一點學術的記憶。

另一些文章則是在後來的多年間陸續寫下的，或是由於教學與研究工作的需要，或是由於自己閱讀、思考的興趣，也有的不知道是出於什麼具體的原因或要求而寫成。從論題範圍來看，總體上集中於中國近代文學，特別以近代詩文與詩文批評、文體觀念與學術史爲主。我關於近代戲曲研究的文字已另行結集，本書就不宜多涉及了。關於中國近代文學學科與教材建設的兩篇文字，主要是出於對本科教學工作的思考，也是通過這樣的思考使自己對所從事的近代文學教學與研究中的一些問題有了日趨眞切的認識。比如我目前對「近代文學」學科時限的理解，就主張只在本科生教學範圍之內予以考慮並適當處理，只要比較合適、比較方便就可以了，因爲在這類問題上並沒有什麼眞理性可言。當進入較高層次的研究或具體問題的考察的時候，就不需要受到入門階段的所謂學科時限觀念的限制影響。在眞正的學術研究中，爲文學史分期分段的種種嘗試或各種觀點就自然失去了眞正的學術價值和意義，甚至應當具有突破這種人爲限制的意識並進行相應的努力。這些認識是在二十多年的教學和研究過程中逐漸萌發並慢慢形成的，對我的學習和研究也產生了明顯的影響。比如對於龔自珍、黃遵憲、康有爲、梁啓超、丘逢甲的閱讀實際上是近代文學學習與研究的基礎和必需，但是由於我的得過且過、疏懶怠惰，對這些基本文獻的瞭解卻被我有意無意地拖延了多年。在許多時候，閱讀這些作家的作品頗有一些給自己補課的用意，心中的滋味好像很不容易描摹，卻經常產生時不我待的急切之感。《江湜詩歌與道咸詩風》一文是點校整理《伏敔堂詩錄》的過程中寫下的，《詹安泰的詩學觀念與創作趣味》是點校整理《詹安泰詩詞集》（《詹安泰全集》第四卷）的時候寫成的。另有一些文字則是由於自己在某一階段的閱讀興趣、人文思考的驅動之下而寫，並不是爲了某個具體的任務或需要。比如關於陳寅恪詩歌與心態、處境與人格的關注，就是基於對這位具有深刻的精神象徵意義又極富悲壯色彩的傑出學者的感念追懷，對於錢鍾書論黃遵憲及近代詩歌的關注，也是出於對《談藝錄（補訂本）》、《七綴集》等著作的興趣，當然主要是對這位不世出的思想家型學問家高超學術智慧與人生智慧的欽敬仰慕。很明顯，這些研究有的實際上已經很難說是嚴格意義上的「近代文學」範圍了，但我覺得這樣的學術經歷對自己而言是相當重要而且是值得記憶的。而對於「二十世紀中國文學」研究、近代文學研究中的新文學立場、阿英的近代文學研究及其學術史意義、「經世文派」是否足以成立等問題的關注和認識，則是希望通過這些具體問題的探討和見解的表達，反映近代文學研究及其學術史歷程中的一些基本觀念和思想方法，對於近代文學研究者及相關領域的研究者或許也能有一點參考的價值。另有幾篇可以算作是文獻輯佚鈎沉、對有關研究著作進行匡正補充的文字，實際上是在讀書過程中偶然所得或在比較研究中的認識發現。將這些內容寫出來，並沒有自詡高明或苛責他人研究之意，只是想將一己所見知的文獻史實及相關認識進一步完善或澄清，以期推進這些問題及相關研究的進展。相信方家先進當不以為忤，並能夠平靜地看待這種出於學術動機寫成的文字。

輯入本書中的文字，均以單篇論文的形式發表於各種報刊。由於不同時期、不同報刊的規範標準和要求差異，更主要的是由於當時寫作這些文字時種種主客觀因素的制約，經常帶有那個時期的色彩或痕迹，一些稚嫩膚淺甚至疏失錯誤之處也所在多有。此次輯入本書的時候，根據目前對於這些問題的理解、在不改變其基本面貌的前提下，盡可能做了若干修訂完善，個別明顯不合適的地方則重新寫過，希望能夠比原來發表時稍微完善一點，能夠反映一直以來我對這些問題的基本認識。還有個別文章由於當初發表時字數、版面、習慣或出於其他考慮，由編輯做了一些改動處理。此次輯入本書時，則完全按照當初文稿的樣子，盡量恢復其原貌。既希望保存我自己文章的原貌，也以此表示文責自負之意。比如《學術著作是怎樣寫成的？——〈清代戲曲發展史〉第三章剽竊真相》一文，就是為了嚴肅地澄清一個針對我的著作的剽竊抄襲事件而寫的。該文在北京的一個報紙發表時，佔用了整整一個版面，但也只能容納八千字左右，而原文則有一萬五千多字。寫出這樣的文字，實際上非我所願，寫作過程中也沒有絲毫的學術思考的快意，反而覺得面對這種本不該出現的情況時的無可奈何甚至是無能為力，那種令人心生怨憤、沮喪氣餒的境況還是少經歷或者不經歷的好。借用孟子的話說，就是：「予豈好辯哉，予不得已也。」實際上，這種情況之於我，也並非僅僅發生過那麼一次。比如前幾年上海出版的兩本關於近代上海文人詞曲、近代戲劇傳承創新的書，作者還都是什麼博士和教授，但是其書在品質與學風上就不能不說是大有問題的，只是其惡劣程度沒有我直接揭露批評的這一本那麼大膽囂張、赤裸無恥而已。到目前爲止，我還沒有繼續將那些學術不端、學風不正的事實行諸文字、公之於眾的興趣。

當年我作爲一名攻讀碩士學位研究生寫成的文章，竟然能夠得到多次正式發表的機會，而且完全是在盲目投稿的情況下，這不能不說是當時學術風氣的相對良好和我的幸運。後來的許多年中也有多家報刊、多位編輯給予我各種提攜和幫助。其間的種種，有的已是時過多年的往事，有的是近在眼前的現實，這都是我得到的珍貴情誼。我對發表這些文字的報刊和編輯們心懷感激。

本書能夠得到花木蘭文化出版社的青睞，使我這項已經醞釀了一些時日的學術計劃得以如此順利地實現，完全是該社編輯熱情關注、關心並促成的結果。假如不是花木蘭文化出版社以學術乃天下公器的情懷和一心爲作者著想的胸襟，假如不是編輯們強烈的事業心和責任感，本書肯定不會以這樣一種方式面世。所以我覺得非常幸運。當然我的幸運遠不止於此。多年以來家人的陪伴、老師的栽培、同仁的切磋、學生的鼓勵，都是我時時可以感受到的精神力量，也是我經常可以享受到的人生樂趣。當我把本書即將出版的消息向業師管林先生稟報並請求賜序的時候，已經八十高齡的老師不僅高興地應允，而且說可以盡快寫出，過幾天就可以去取。幾天後，等我到老師府上看到序文時才意識到，從不使用電腦打字、完全依靠手寫的老師竟然花了那麼多時間，寫下了將近三千字，不僅詳細地介紹評價了我的學習和工作經歷，而且對本書以及我的其他研究多有肯定、多所勉勵。對於老師的教誨，我自當銘記於心，仔細體會；對於老師的鼓勵，我也當視爲督教，努力踐行。對於一個已經教書將近三十年的教師來說，我更希望自己也能像老師們一樣，用講臺上的風采、書齋中的身影去解讀師道教化的含義，用師生的黽勉、教學的相長去詮釋薪火相傳的底蘊。此時，我想起了司馬遷說過的話：「《詩》有之：『高山仰止，景行行止。』雖不能至，然心嚮往之。」

左鵬軍

2014 年 3 月 21 日，甲午年春分日，羊城霧霾煙雨中